抑圧と余暇のはざまで
―― 芸術社会学の視座と後期東ドイツ文学

矢崎慶太郎

専修大学出版局

目　次

はじめに …………………………………………………………………………… 1

第1部　芸術社会学の視座

第1章　芸術の社会学的アプローチ ………………………………………… 14
  1．社会の反映としての芸術　14
  2．社会の外部にある芸術　18
  3．社会の内部にある芸術　23
  4．芸術の反映としての社会　31
  おわりに　39

第2章　コミュニケーションとしての芸術 ………………………………… 42
  1．自我による思い込みとしてのコミュニケーションとその接続　43
  2．芸術におけるコミュニケーションのメディアとコード　49
  3．芸術の組織とスタイル　53
  おわりに　56

第3章　芸術の社会的機能──多様性の観察と娯楽 ……………………… 59
  1．多様性の観察　60
  2．芸術と機能分化　64
  3．娯楽と抑圧　69
  おわりに　80

第2部　アンダーグラウンド文学の自律化

第4章　アンダーグラウンド文学の組織とスタイル ……………………… 88
  1．文学のための（非公式）組織　89

2．方法としての「言葉遊び」 94

おわりに 101

第5章　芸術意欲の成立
　　　──「つまらない」現実から「楽しい」言葉遊びへ ……… 104

1．「沈黙」の消極的受容 105

2．世界への無関心から芸術への関心へ
　　──芸術の二値コードの確立 109

3．「幻想」世界の誕生──非日常への視点 114

おわりに 118

第6章　アンダーグラウンド文学における反省 ……………………… 120

1．「内／外」の区別──芸術の境界線の確立 121

2．政治からの離脱 129

おわりに 132

第3部　東ドイツにおける余暇と抑圧

第7章　労働社会における余暇のはじまり ……………………… 140

1．「労働社会」としての東ドイツ 141

2．消費の高まりとその抑制 148

おわりに 160

第8章　余暇と芸術の要求運動 ……………………………………… 163

1．労働ノルマ増大への抗議──1953年6月17日暴動 164

2．娯楽要求としての"All you need is beat"
　　──ライプツィヒ・ビートデモ 168

3．芸術家たちのプロテスト──ビーアマン事件 174

おわりに 183

第9章　精神的抑圧としての監視と検閲 …………………………… 185
　1．作家と権力——ユートピアの約束　186
　2．自己検閲とシュタージ　195
　おわりに　204

結論 ……………………………………………………………………… 207

引用文献 ………………………………………………………………… 215

あとがき ………………………………………………………………… 225

装丁　毛利彩乃

はじめに

　「芸術」という対象がもつ性質と,「社会」として考えられている性質があまりにも違っているために,「芸術」というものを社会学的に定義することは極めて困難である。「社会」とは, 一般的にいって, 人と人とを相互に結びつける何かであるという考えに異論はないだろう。そのなかでも社会学においては, 他者に対して自分の意図や目的やメッセージを伝えようと働きかけること, これが人と人との関係を構成する最も重要な契機である。このことを社会学者のアルフレット・シュッツは次のように述べている。「社会的行為はコミュニケーションが伴い, また, どのようなコミュニケーションも必ず『働きかけ』(working) という作用の上に成り立っている。他者とコミュニケーションをもつためには, われわれは外的世界において, 他者が私の伝えようとした意味の記号として解釈できる外的な行為を行わねばならない」(Schütz 1970=1980:205)。他者に理解されるようなかたちで他者とコミュニケーションを図ることによって, 初めて人と人との社会的な関係が可能になる。それゆえ「あらゆる記号は有意味であり, それゆえ原理的には理解可能である。一般に無意味な記号について語ることに意味がない」(Schütz 1970=1980:70) ということになる。

　それに対して「芸術」は, あたかもこの定義に対立しているように見える。ここではその事例として, 次の作品を挙げることにしたい。

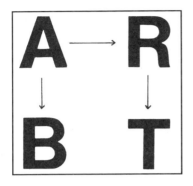

©Kurt Buchwald 1990

　上の作品を見れば明らかなように，この詩はA, R, B, Tという4つの単語がたんに並べられただけである。この詩からは，シュッツが言ったような意味で，人に何かを理解してもらおうという態度は読み取れない。私たちはいくらそれを目で追っても，作者の意図や目的，メッセージを把握することはほとんど不可能である。コミュニケーションを構成するうえで最も重要であるはずの言語がここでは成り立っておらず，さらにこの情報だけでは背後にあるどんな現実を模写しているのかさえ明らかではない。こうした事例は極端すぎるかもしれない。たまたまこの作品にメッセージがなかっただけであって，そうでない作品もたくさんありうるだろう。

　しかし，例えば一見すると極めて政治的なメッセージに見える作品であっても，作者はそのようには考えていないという場合もある。芸術家の会田誠が，東京都現代美術館で展示した「文部科学省に物申す」という『檄文』である。この作品に対して，彼は次のようにコメントを発表している。

まずこの作品は，見た目の印象に反して，いわゆる「政治的な作品」ではありません。[…] 芸術を使って政治的アピールはすべきでない，というのは僕のいつもの基本方針です。芸術の自律性を大切にしたいがための，自分用の戒めみたいなもので，他者にも求めるものはありませんが。
　また，この作品には全体的にユーモアが施されています。「檄」と大書された墨汁がほとばしるタイトルに反して，文章の内容は全体的には穏健なもので […] 脱力感漂うヘナチョコなものになっています。そういう「竜頭蛇尾」的なユーモア構造が全体に仕掛けられています。
(会田 2015)

　そもそも「檄文」とは，その言葉を文字どおり解釈するのなら，自分の考えや主張を明確に述べたものであるはずである。それに対して彼自身は，「芸術の自律性」を根拠にして，自分の作品に何らかの明確な政治的メッセージがあることを否定し，それを「ユーモア」であるとしている。作品では確かに「もっと教師を増やせ。40人学級に戻すとかふざけんな」といった具体的な要求もあるのだが，「かばんが重い」や「PTA の役員に任命されるのが怖くて保護者が授業参観に来れません」といった「偏り」のある意見も併記されている。しかしここで作者が問題にしているのは，抗議の内容や意味それ自体ではなく，抗議それ自体がもつ仕草やその情景を「少しユーモラスに，そしてシンボリックなビジュアルとして」(会田 2015) 示すことにほかならない。
　もしそうであるなら，この檄文に対する「芸術」的な理解と，通常の，少なくとも辞書的な意味での理解とのあいだには，大きな断絶があることが明らかである。そのとき社会学はこの世界についてどのような視点をもつべきだろうか。芸術は社会ではないとして切り捨てることもできるだろう。しかし安易に結論を下す前に，まず次の点を問うてみる

べきであろう。なぜ人々は芸術を制作したり鑑賞したりするのだろうか。芸術作品では解釈可能性が無限に開かれ，それゆえ解釈の対象である作者の意図やメッセージが不明確にならざるを得ないにもかかわらず，それでも人々が継続して参与しているのであれば，そこにはどのような社会条件があるのだろうか。このような社会学的な問いを明らかにすることが本書の目的である。

　この意味で，本書は通常の美術書や芸術史とは異なっている。すでに趣味として芸術を鑑賞してきた人がさらに深く芸術を理解できるようになることは想定していない。むしろ，本書の問いは，なぜ芸術をするのかというもっと初歩的な問いである。さらに芸術や文化についての通常の社会学的研究とも異なる。というのも，どのような社会的メッセージが作品に反映されているかを示すことが本書の目的ではないからだ。むしろ，メッセージのない作品が当たり前のように生みだされる状況，あるいは「芸術の自律性」が成立する状況それ自体に，どのような社会的現実が反映されているのかを問うことが本書の課題である。

　とはいえ，このような問いはあまりにも抽象的であり，具体的に研究を進めていくためには，その対象を限定していかなければならない。では，どのような限定が加えられるべきであろうか。

　そのためにまず断りをいれておかなければならないのは，芸術作品がメッセージに依存せず，その多様性が許容されるようになったのは比較的最近であるということだ。社会学者のマックス・ヴェーバーが明らかにしているとおり，例えば古代社会での「音楽」は，今日私たちが理解しているものとは極めて明確に異なっており，それは宗教儀礼のために用いられたものであった。あるいはルネサンス時代の「絵画」は，今日私たちが考えている以上に学術的・科学的なものであったし，カメラが開発されるまでのあいだ，それは個人や時代の風潮を写すドキュメントでもあった。このような時代の作品では，メッセージ内容は極めて明快

であるか，たとえ（現代の私たちからすると）内容が不明確に見えても，その使用目的は明らかであることがほとんどであろう。近代以前には，「なぜ」を問う必要が全くないほどに，その理由は明白であったのである。メッセージ内容や作品の使用目的が不明瞭になったのは「近代」になってからのことである。それゆえ本書が対象にするのは「近代芸術」に限られる。

　しかしこの「近代芸術」がいつ始まったのかに関しては，正確な時期特定は困難である。19世紀のロマン主義という見方が有力であると思われるが，それ以前に「近代」的な作品がなかったかといえば，必ずしもそうとは言えない。もしその起源を追求しようものなら，場合によっては，ハイデガーがそうしたように，ギリシア時代にまで求められる。近代芸術が始まる時期を特定することの難しさは，研究の不充分さによって生じているというよりも，むしろ芸術を含む文化的・精神的・感覚的な社会領域の特徴そのものであると見たほうがいいだろう。物質的・経済的変化とは違って，精神的変化は無意識のうちに徐々に進行し，ある日気がついてみたら変わっているという類のものであろう。それゆえ，本書の問いを追求するためには，「近代」と目される時代のうちで，どの芸術を対象にするのか，その範囲を限定する必要がある。

　本書は，先に紹介した作品が発表された1980年代のドイツ民主共和国（以下，東ドイツ）で発生したアンダーグラウンド文学運動を分析の対象にする。1980年代の東ドイツ社会は，自由な言論や表現が規制されていた社会であったが，そのなかで若いアマチュア作家たちは自費出版（サミズダート）というかたちで，当局の規制から比較的自由な雑誌をつくり，様々な作品を発表していった。しかし，それにもかかわらず，これらの作家たちは雑誌のなかで体制批判などの政治的な抵抗（プロテスト）を行うことはなく，「言葉遊び（Wortspiel）」を中心とした，それ自体ではメッセージを確定することのできない作品をつくりあげていっ

た。このような東ドイツ社会の状況は，本論の問いを明らかにするために極めて有意義な特徴がある。今日私たち日本の社会では，上記のような作品を発表しても何ら政治的・行政的な制裁を受けることはないだろう。しかし，当時の東ドイツ社会では，政治とは無関係な作品をつくることそれ自体の政治的な態度が問いただされたのである。自由な芸術制作に何のサンクションも課されないよりも，それが禁じられている社会でそれにもかかわらず芸術作品をつくるとき，「なぜ私たちは芸術作品に参与するのか」ということの意味がより鮮明に表れてくるだろう。

実際には私たちの生きている現代社会では，いちいち「なぜ」を問わなくても，人々は芸術に参与することができるのであり，このような問いを立てること自体がたいして意味のないものかもしれない。しかし，政治や経済など他の社会領域からの干渉を容易に受ける可能性はどの社会にも存在している。だからこそ東ドイツという政治的な意味をもたない芸術が許されない社会において，自律的な芸術が形成されてきた原因を明らかにすることで，もう一度なぜ，何のために芸術に参与するのかについて考えることのできる素材を提供することが本書の狙いである。

本書の構成

本書では第 1 部において，芸術を社会学的に把握するための理論枠組みを検討する。

第 1 章では，そのためにまず芸術社会学の基本的なアプローチを確認する。ここでは，芸術をたんなる社会的現実の反映として捉えるアプローチや，あるいは芸術をいかなる社会的現実も反映しない超越的な経験に還元するアプローチの代わりに，芸術においてメッセージや社会的現実を含まない作品を制作・鑑賞することを可能にする社会制度に注目するアプローチを確認する。

さらに第 2 章では，ニクラス・ルーマンの社会システム理論に基づき，

ミクロなコミュニケーション・プロセスとして芸術を観察する方法を確認する。ルーマンにとってコミュニケーションが成り立つのは，誰が何を言うかではなく，誰が何を言ったかを理解し受け止めたときである。送り手（行為）ではなく，受け手（観察）のほうに重点をおいたこの理論は，メッセージの不明確な芸術作品をそれでもコミュニケーションとして，つまり社会的なものとして捉えることを可能にするのである。

第3章では，コミュニケーションとしての芸術から，ひとつの社会システムとしての芸術が成立する理論的な経緯を考察する。ルーマンの社会システム理論においては，政治や経済，法，学術，教育，そして芸術といったそれぞれの社会システムは，「分化」あるいは専門化というプロセスのなかで独自の専門的・自律的な規則と境界をもち，他の社会システムでは満たすことのできない固有の社会的機能をもつ。例えば政治は，経済や学術によっては解決できない独自の課題を引き受けているのであり，この意味で経済や学術もそれぞれが独自のやり方で社会的な要求に応えるのである。この考えは，芸術に対してもその需要を特定するヒントを与えている。つまり，なぜ芸術に参与するかは，他の社会システムでは解決できない独自の需要が存在しているからである。

本書では，「余暇」と「抑圧」という2つの要因に焦点を当てている。まず第一に，社会の近代化に伴って，労働という何らかの目的的な行為に従事する時間と，そこから解放された余暇の時間が，はっきりと二分するようになってくる。そのなかで余暇時間の増大とともに，目的的でない営みとしての芸術に対する価値が生じてくる。他方で，政治や経済の硬直化やその急激な変化によって，若者やマイノリティなどの社会集団が目的的な行為への参入に失敗し，社会的抑圧が増大する状況が生じた場合，芸術はそのような人々の受け皿のひとつになる。余暇時間の増大と抑圧の高まり，この2つの条件が同時に存在している場合に芸術が成立・展開するというのが本書の仮説である。

以上の観点に立ちながら，第2部では，第2章でのコミュニケーションとしての芸術を前提にしながら，1980年代の東ドイツのアンダーグラウンド文学を対象に，主に作家の作品やテクストを参照しながら，彼らのあいだでどのように「芸術」が理解されているのか，そしてどのようなメカニズムによって作品が再生産されるのかについて記述する。

　第3部では，第3章で論じる芸術の機能とその分化を前提にしながら，芸術への動機を社会的に成り立たせる社会状況を記述する。ここでは，東ドイツの余暇生活がどのようなものであったのか，およびそのような余暇生活に対して，当時の政治体制はどのような抑圧を加えていたのかについて記述する。

第1部
芸術社会学の視座

芸術を社会学的に説明するためには，まず対象が何であるのかについて定義しなければならないのだが，この作業は芸術社会学にとって実は極めて困難である。芸術社会学者のアルフレット・シュムディッツはこの点について次のように述べている。「『芸術』社会学という概念によって，『芸術』というものがあり，芸術社会学はまさにこの『芸術』を研究することができるのだという印象を呼び覚ますかもしれない。しかしそうではないのだ」(Smudits 2014:3)。芸術という対象が厳然と存在しているということを安易に自明視することができないのだ。彼によれば，その原因は，次の3点から生じる。

　(1) 何が芸術とされるのかそれ自体が，時代や社会によって異なる。例えば古代の社会において宗教や儀式のために使っていたであろう様々な祭具などは，現代の私たちからすれば「芸術」として扱うことができるが，当時はそうではなかった。古代ギリシア・ローマ時代に形成されたリベラル・アーツ (*artes liberales*) は，直訳すれば自由芸術といえるだろうが，しかし今日ではこれは芸術ではなく学問である。

　この問題に並んで，(2) 芸術ジャンルの多様性も，その定義を困難にしている。その際，とくにシュムディッツが例示しているのが，工芸品や日用品 (Kitsch)，ポップカルチャー，民芸品 (Volkskunst)，映画，コミック，デザイン，広告，コンピュータ芸術，DJ，テレビゲームなど

である (Smudits 2014:3-4)。私たちの通常の理解では，絵画やクラシック音楽は芸術であることに異論はないだろうが，今日ではそうした理解を超えた様々なジャンルが派生している。とくにポップカルチャーが芸術に該当するのかどうかについては様々な議論がある。ポップカルチャーを「芸術」ではないとみなすこともできるのだが，絵画やクラシック音楽は芸術であり，それ以外は芸術ではないとするのであれば，その境界線がどこにあるのか，それを明確に指摘することは極めて難しい。

（3）さらに芸術内部での質的な基準（Kanon）の問題もある (Smudits 2014:4)。仮に絵画が芸術であることが完全に合意されていたとしても，何らかの質的な基準に達しなければ，「芸術ではない」と判断されることがあるのだ。例えば，素人が何の訓練もなしに思いつきで描いた絵は，芸術ではないというわけだ。しかし他方で，子供の描いた絵が，芸術として展示されることは決して珍しくない。たとえ画家としての専門的訓練を受けていなかったとしてもである。

さらにここで筆者は次の点についても指摘しておきたい。すなわち，（4）社会的なポジションの違いによっても，芸術に対する見方は様々に変わるという点である。たとえ芸術家も鑑賞者も一致して認める素晴らしい絵画であっても，ギャラリーはそれを商品として扱わなければならない。彼らがどれだけ芸術を深く理解していても，安く仕入れて高く売るという経済メカニズムに則ったかたちでしか作品を扱うことはできない。また，どれだけ良い芸術作品であっても，それが人権を侵害していたり，また児童ポルノであるとみなされたとき，裁判所はこの作品を芸術としてではなく法的案件として見るのである。それゆえ，たとえいま目の前に，芸術作品という物体が存在していたとしても，それを無条件に芸術作品とみなすことはできないのである。

時代・社会・集団・評価基準・社会的なポジションによってここまで見方に違いが出るのなら，もはや「芸術」を客観的・不変的・物質的な

存在として扱うことはできない。ある対象を「芸術」として扱うのなら，それはいったいどんな点においてなのか，どの時代のどの主体（作家，鑑賞者，出版社・ギャラリー，政府，裁判官など）にとってなのかということが，同時に併記されなければならないだろう。

　このような定義の曖昧さは，確かに「芸術」を学術的な研究対象として扱うことを困難にしているとも言える。しかし，この困難さは，たんに研究方法が未熟ゆえに生じる障害なのだろうか。芸術という対象を定義できないのは，研究者のみならず，実際に芸術に関わっている人たちすべてにも当てはまるだろう。制作者はいつでも何が芸術かをめぐって自問自答を繰り返すだろうし，鑑賞者は個々の視点から何が芸術としてふさわしいのか評価する。そうであるのなら，問題になるのは芸術の定義ではなく，むしろ芸術の定義をめぐって行為する人々のほうであろう。シュムディッツは，定義の困難さについて次のように述べている。「芸術社会学に，対象領域を厳密に固定してしまうことで，このような問題 [...] から逃れようとすることはできない。それとは逆に，まさにこの問題に取り組むことが，芸術社会学独自の課題なのである」(Smudits 2014:4)。定義の困難さこそ芸術という対象のもつ独自の性質であり，まさにそのことを扱うことが芸術社会学独自の課題となるのである。この意味で芸術社会学の視座は，芸術という対象を観察することにあるのではなくて，芸術という対象を観察している人を観察する点にあると言える。つまり，作品そのものの定義ではなく，作品に関わる制作者や鑑賞者，ギャラリー，政治家，法律家，教育者等々による定義を観察することが課題なのである。

　このような芸術社会学の視点を前提にしたうえで，第 1 章では芸術と社会との関係性を社会学的にどのように見ることができるかについて考察することにしたい。本書の課題である芸術参与の社会条件を考察するために，これまでの社会学的議論がどのように役立つかを記述する。

[第1章]

芸術の社会学的アプローチ

　たとえ芸術を社会学的に定義することは困難であっても，それに比べて芸術と社会との関係を社会学的に位置づけることは容易である．本章ではまず，芸術に対してこれまでどのようなアプローチがとられてきたのか，芸術をどのように社会と結びつけて考えてきたのかについて概観する．

　本章では19世紀のコントに始まる社会学から，20世紀後半のブルデューやルーマンに至るまで，基本的には年代順で記述することになるが，しかし厳密に時間軸でもって説明するのではなく，芸術に対する次の4つの視点の違いとして紹介することにしたい．すなわち，(1) 社会の反映としての芸術，(2) 社会の外部にある芸術，(3) 社会の内部にある芸術，(4) 芸術の反映としての社会，である．なぜなら，例えば (1) に該当するコントやマルクスなどの19世紀的視点は，確かに今日では芸術社会学的には古いものになっているが，しかし日常生活や政治においてこうした考えはいまだに残っているのであり，容易に過去のものとは切り捨てられないからである．

1．社会の反映としての芸術

　社会学はその創始期から，芸術に対しても大きな関心をもっていた．

社会学の創始者であるオーギュスト・コント（1798-1857）は，芸術は社会の改良に貢献するものであり，社会の再組織化，つまり社会秩序の回復に重要な役割をもっているとした (Danko 2012:22)。コントの方法として有名なのは社会的文化的進化の「三段階の法則」（Dreistadiengesetz; Loi des trois états）であるが，彼は芸術にもこの法則を適用して論じた。それによると，人間が子供／若者／大人という三段階を経て成長するのと同様に，社会的精神も「労働（産業発展）／芸術／学問」というかたちをとって発展する。芸術は，労働から学問へと至る中間段階であるがゆえに，教育的機能をも担っていた (Smudits 2014:36-37)。彼の芸術観は，当時のフランスの知識人たち，とくに無政府主義者のプルードン（1809-1865），哲学・社会学者ジャン＝マリー・ギュイヨー（1854-1888），哲学者・評論家のイポリット・テーヌ（1828-1893）などの芸術観と同じ流れにあった。とくにプルードンは「芸術とは，我らが人類の肉体的・道徳的な完全性という目的のために，自然と我々自身を理念的に表現するものであると定義」していた (Danko 2012:19)。あるいはギュイヨーによれば，芸術に人々の連帯を強める (Danko 2012:21)。いずれにしてもこのような考えのなかでは，芸術は人類の普遍的な進化や崇高な理想など社会のポジティブな側面を反映するもの，あるいはそれに貢献するものであった。

　しかし，社会反映論でありながらも別のパースペクティブをもっているのは，カール・マルクス（1818-1883）である。マルクスにとって芸術は（政治，宗教，科学と同様に），経済的な現実から自由ではいられない。人々は芸術活動を始める前に，まず物を食べ，服を着て，生きていかなければならない。この意味で芸術は物質的土台に規定された上部構造のひとつである (Marx 1934=1956:13-14)。そうしてみると必然的に，あらゆる芸術活動は階級の利害に依存していて，こうした利害を超えた自律的な芸術作品があると絶対視することはイデオロギーにすぎない。

たとえ，こうした階級関係に関わりなく普遍的・人間的な関心があると主張してみても，そのこと自体が階級闘争を反映しているのである。このようなマルクスの考えは後世に大きな影響を与え，例えばピエール・ブルデュー（1930-2002）は，芸術に階級関係が反映していることを見るようになったし，そしてフランクフルト学派の多くは，芸術がたんに商品形態のひとつにすぎないということを批判するようになった。とくにテオドール・アドルノ（1903-1969）にとって文化産業は，人々の多様な感受性を規格化し，生産から消費に至る人間生活のすべてを経済的利潤のなかに組み込む装置であり (Horkheimer and Adorno 1947=1990:185-186)，さらに広告は，その莫大な掲載料を支払う一部の権力者だけに開かれ，体制や権威の確立・強化に貢献するのである (Horkheimer and Adorno 1947=1990:247)。このようなアプローチからは，もはや芸術は社会のポジティブな価値を反映してはいないだろう。それは，資本主義社会の欲望のために利用される道具なのである。

　これらのアプローチは現在でも残り続けている。ヴェルバーは1960年代以降に登場した様々な文学研究（マルクス主義的，精神分析的，言語学的，言説分析的，イデオロギー批判的な文学研究）を挙げている。これらの研究の共通点は，芸術は，芸術以外の現実を反映するという点にある。例えば，「文学は推敲された相互言説（elaborierter Interdiskurs）である。確かにそのとおりである。しかし，相互言説であるのは，文学だけでなく，雑誌やトークショーもまたそうである。文学は病的な心を刻印したものである。それは認めるが，高校生の日記文集も決して低級なものではない」(Werber 1992:14)。社会学においても，しばしば芸術が自律的であるということは否定されており (Wolf 1993=2003)，作品は，例えばジェンダー構造の反映 (上野 2003) として扱われたり，言文一致運動による近代日本語の制度化に伴って発生する個人主義イデオロギーの反映 (柄谷 1988) として扱われている。社会学が芸術をたんに社会の

「写像」や「反映」としてのみ扱う傾向にあることを，社会学者のバルボーツァも指摘している (Barboza 2005:80)。もちろん，芸術が様々な社会環境から影響を受けないはずはないので，これらの研究が重要であることに変わりはない。しかし，その前に，なぜルポルタージュや政治演説においてではなく，芸術における反映に意味があるのかが説明されなければならないし，芸術は社会を反映しているというのであれば，そもそも芸術とは何であるのか，その対象が定義されなければならないだろう。

　では，芸術という対象の性質はどんなところにあるのだろうか。本書では，はじめに紹介した東ドイツの作品のように，芸術作品はそのメッセージが確定可能ではないというところに芸術という対象の特徴があると見ている。社会学者のアーノルト・ゲーレンは，おそらくこの点を最も重要な出発点とみなした社会学者の一人であろう。すなわち，彼は，近代の絵画にコメント（注釈）をつけようとするのはやめるように再三要求している。なぜなら，近代絵画はますますその具体性を失い，言葉には還元できなくなっているからである。だから，もし芸術作品に注釈をつけるのならば，まずそれが言葉によっては伝達されえないものであることを前提にしなければならない (Gehlen 1986=2004:211-215)。このことは，たんに絵画のみならず，言葉を使った文学や詩にも該当するだろう。

　芸術を介して行われるコミュニケーションが，言葉を介して行われるコミュニケーションとは異なっていることは明らかである。例えば芸術作品には百人百通りの捉え方があり，そこにひとつの正しい解釈など決してないという態度は，一般的なごくふつうの鑑賞方法であろう。私たちは自由に作品を鑑賞し，同時に他者の自由な受け止め方も尊重しなければならず，その多様性こそが最も重要な作法なのである。もちろん極めてセンセーショナルで賛否を呼ぶような作品もあり，その「正しい解

釈」をめぐっての論争が起きることもあるが，そうであっても誰もが納得できるような単一の解釈へと着地させることなど不可能であろう。つまり，芸術作品を概念によってまとめあげて説明するというわけにはいかないのである。しかし，芸術の鑑賞において前提にされているこのような態度を，もし日常において，つまり他者との会話に用いたらどうなるだろうか。そうなれば会話そのものが成り立たなくなるだろう。日常生活で必要になるのは，他者が何を言っているのか，何を考えているかを可能なかぎり正確に理解することである。シュッツが述べたように，社会とは，他者に対して自分の意図や目的やメッセージをわかりやすく伝えようと相互に働きかけるなかに存在するのである。

2．社会の外部にある芸術

本節では，芸術を社会とは異なるもの，社会の外側にあるものとして扱うアプローチを取り上げることにしたい。

アドルノ：社会批判としての芸術

すでに述べたようにアドルノは，現在の芸術が社会的，とくに資本主義的な利潤のための道具に成り下がっていると非難していた。「芸術が社会的に存在する要求に応えるかぎり，ほとんどの場合，芸術は利益に縛られた事業となり，[…] 利益を得ようと邁進する。[…] 芸術を支持している人は，すでにイデオロギーをつくっており，芸術それ自体をイデオロギーに変えている」(Adorno 1970:3771-72)。しかし，このことは，芸術がどんな時代にもそうであったということを意味するのではない。そうではなく，彼は本来あるべき芸術の姿というものを明確にイメージしていた。

アドルノにとって，「どの本物の芸術作品にも表れているのは，まだ

存在していないものである」(Adorno 1970:3927) と同時に,「わかりやすさという見せかけに対抗することが必要」(Adorno 1970:4171) である。つまり,何か「新しい」ものであるが,決して理解されないような何かなのである。「世界に対する異質さが芸術のきっかけである。芸術を異質なものと感じられない人は,芸術を全く感じない人なのである」(Adorno 1970:4171) と彼が述べているように,私たちが日常的に理解している自明性を超えて,何か不可解なもの,異質なものを描いたものが芸術である。彼がとくに評価している芸術家は,和音に基づかない無調音楽を確立した作曲家・指揮者のアーノルト・シェーンベルク,あるいは不条理を題材にした作家のフランツ・カフカやサミュエル・ベケットなどである。

　アドルノによれば,このような芸術作品の不可解さによって,私たちの日常の自明性は壊され,社会を根本から反省しなければならなくなる。「自律的なものとして社会に対抗する [...] 芸術は,既存の社会規範に従ったり,『社会的に有用』なものだと証明したりするのではなく,純粋な存在であることで,自分自身を独自なものとすることで社会を批判する」(Adorno 1970:4273) と述べているように,芸術は,規範や有用性という範疇から逸脱していることによって,社会の土台そのものを崩すようなラディカルな社会批判として機能するのである。芸術作品が,意図やメッセージを伝達しないということ,この意味で日常会話や言語コミュニケーションのような社会性をもたないこと,こうしたことそれ自体にアドルノは芸術作品の意味を読み取っている。その意味とは,芸術作品が理解を超えた何かを伝えることによって,鑑賞者が自分たちの理解している社会をもう一度見直し,反省するという点にある。

　おそらくアドルノのこのような芸術理論を理解するには,当時の時代状況を知る必要があるかもしれない。彼の代表的な著書『啓蒙の弁証法』(Horkheimer and Adorno 1947=1990) にあるように,甚大な被害をもた

らした第二次世界大戦の戦禍は，科学や理性の欠落によって引き起こされたのではなく，戦車や戦闘機，あるいは原爆など，当時の最先端の科学によって生じた。私たちが合理的であり進歩的であるという傲慢さが，その対極にある野蛮を生んだのである。その際，文明社会的な思いあがりを根本的に否定し，反省を促すために必要だったのが，どんな理解をも退けた理性そのものの限界を顕わにするような芸術作品であった。

このようなアドルノのアプローチは，「芸術 vs. 社会」という対立関係に基づいて芸術を理解しているものであると言える。別言すれば，彼にとって芸術の意味は，社会の外側に屹立して社会批判するという点にあるのである。

ゲーレン：負担免除としての芸術

アドルノと同時代のドイツの社会学者であるアーノルト・ゲーレン（1904-1976）も，アドルノとの違いはあるものの，根底的にはこれと同じ構図をとっている。

ゲーレンは1960年に『時代の絵画』という本を出版して，現代の絵画（とくに抽象絵画）を具体的に細かく分析しながら，絵画がいかに抽象化されていったのか，絵画がその対象を不鮮明に描くようになり，もはや何を描いているのかさえわからなくなるほどに「不合理」になったのはなぜなのかを問題にしている。

アドルノが社会の外側から社会を批判する場所を芸術とみなしていたのに対して，ゲーレンは芸術を社会の外部へと逃げていく現実逃避の場所とみなす。芸術とは「Entlastung」，つまり「負担免除」や「解放」であり，「あまねく存在する社会の圧力をのがれて，自由のオアシスをつくろうとする努力」にほかならない (Gehlen 1986=2004:13)。このような2人の芸術観の違いは，社会観の違いをも明らかに生んでいる。

アドルノにとって社会とは画一的な方法で管理された世界（verwaltete Welt）であり，いわば硬直しているゆえに人々を抑圧する。だからこそ芸術は異質（Fremde）であることによって常に流動的な世界像を提示する。しかしそれとは逆にゲーレンは，むしろ社会（とくに近代社会）は絶えず変化し流動的であるがゆえに人々に抑圧を与えると捉えたのである。「さまざまな大事件がつぎつぎとおこる産業社会のあたらしさが，慢性的に，われわれの経験をひどく不明確なものにしている［…］。このような社会的重圧の程度におうじて，言葉に表現できないもの，抑圧されたもの，表現をはばまれるものの量が増加し，その葛藤をしめす〔絵画の〕魅力が堆加する」(Gehlen 1986=2004:244)。このようにゲーレンは，現代社会を「言葉」が無力になる社会とみなしている。誰もが同じ価値観を共有している社会では，私たちは「言葉」でもって的確に言い表すことができるが，時代が変化してみんなが違う価値観をもつようになれば，どんな「言葉」も結局ひとつの意見にすぎず，その一面性を逃れることはできない。「あるひとつの言葉をつかうことは［…］他の言葉の採用をさまたげることになる。［…］識別葛藤にはさみこまれたままになると，八方ふさがりの感情が，容易に情動的なプロテストに進展する」(Gehlen 1986=2004:243-244)。言葉のこのような一面性が，フラストレーションを引き起こすのである。こうして言葉の不完全さに直面することで，言葉の範疇に収まらない芸術作品，つまりそもそも何かを言う必要のない芸術作品へと人々は動機づけられることになる。

　アドルノとゲーレンは，芸術を社会批判と見るか現実逃避と見るかで明確な違いがある。前者は芸術に対抗的な性格を見出すのに対して，後者は逃避的な性格を見出すからだ。しかし，次の点では共通している。両者とも，芸術は社会の外側に立っており，どのような有用性や利便性があるかを度外視して，社会にまだ存在しない新しいもの，予期できないものをつくりだすのである。

このようなアプローチは，芸術の社会反映論とは違って，芸術作品の内容やメッセージや意図をもはや確定することなく分析を進めることに成功している。しかし，もちろんこのアプローチには問題もある。最も極端にいえば，つまり芸術は社会的ではないと言っているからである。前節では，芸術という対象の性質を踏まえることなく，芸術以外の何かによって説明するというやり方には問題があることを指摘した。しかし本節のように，芸術に独自の性質を認めようとした瞬間に，芸術は社会を飛び越えた，社会の外側にあるものになってしまう。そうであるのなら，社会学の対象にはならないのだろうか。実際，アドルノは社会学者でもありながら，芸術について分析したその著書は『美学理論』であり，ゲーレンの著書は『現代絵画の社会学と美学：時代の画像』である。両者ともタイトルに「美学」という概念を持ち込んだことは決して偶然ではないだろう。芸術を社会の外側にあると見るかぎり，もはや芸術それ自体が社会的ではなくなってしまうのである。

　とくにゲーレンの著作には，この矛盾がはっきりと表れている。彼は，芸術作品は本来美学の対象であったが，現代では社会学の対象へと移行せざるを得なくなっていると考えた。この問題をここではファッションから考えてみたい。

　これまで女性の身体を覆い隠す服装が主流だった時代に，例えばココ・シャネルのように，当時野蛮であるとされた丈の短いスカートをはいて脚を露出させることは――社会批判か，解放かは別にして――それまで誰も考えつくことのなかった全く新しいものであった。しかし，現在のファッションはどうであろうか。確かに季節ごとに必ず「新しい」トレンドが次々と発表されるが，ファッション全体を包括的に見れば，その変化は微々たるものであるに違いないし，場合によっては，どこに新しさがあるのか全く理解できない場合もあるだろう。それにもかかわらず，「新しい」ファッションは定期的に生みだされて続けている。こ

のようなファッションにもはやオリジナリティはなく，ただのコピーに成り下がっている。ゲーレンは「創造の可能性は，もう，限界にきて」おり (Gehlen 1986=2004:302)，「現代はあたらしい開拓の時代ではなくて，加工の時代である」(Gehlen 1986=2004:293) として，この点を極めて強く危惧していた。「新しさ」とはゲーレンにとって社会のなかに定着した制度（規範や固定観念）を飛び越えたものであるべきなのに，いまや「新しさ」を追求することが，社会のなかで制度化されているのである。ゲーレンの研究からは，芸術は本来社会的なものではないのに，不本意にも社会的なものへと変容していくことへの困惑が読み取れる。このことをゲーレンの著書のタイトルを借りればそれは，「美学」としての芸術から「社会学」としての芸術への変容と言えるだろう。

　ゲーレンにとってこのような状況は好ましくなかったかもしれないが，彼の指摘は，芸術を社会学的に分析するための新しい可能性を提供している。後続の社会学的研究，つまりニクラス・ルーマン（1927-1998），ピエール・ブルデュー（1930-2002），ハワード・S・ベッカー（1928- ）にとって，もはや「新しさ」が制度化されるという事態は矛盾でも何でもない。むしろ社会的に制度化されているがゆえに芸術なのである。この点については次の節で記述することにしたい。

3．社会の内部にある芸術

　ルーマン，ブルデュー，ベッカーの3人は，ドイツ，フランス，アメリカとそれぞれ異なる地域で社会学を研究しており，この意味で3人に明確なつながりはないにもかかわらず，次の点ではそのアプローチが一致している。すなわち，ルーマンは「システム（System）」として，ブルデューは「場（champ）」として，ベッカーは「アートワールド（art worlds）」として芸術を扱っている (Danko 2012:89)。このような視点が，

芸術の背後にある社会的な文脈に目を向けているのは明白である。

　まず第一に，第1節で述べたような単純な社会反映論はここでは全く採用されておらず，芸術作品の意味それ自体を分析する試みはとられていない。別言すれば，3人とも芸術は芸術に固有の振る舞いがあるという自律性を前提にしている (Danko 2012:89)。しかし他方で，第2節で述べたような，何か社会とは異なり，社会の外側にある芸術という見方も採用しない。このアプローチは，もはや「新しさ」が制度化されるという状況を矛盾とはみなさず，むしろそれがいかに制度化されたのかを問題にしている。彼らが「システム」や「場」，「アートワールド」という概念で前提にしているのは，一見すると社会の外側にあって，いかなる規則も制度も受けつけないような独自で特殊な領域としての芸術の，制度や社会的な規則性である。

　この点について，例えばブルデューは自分のアプローチを次のように提示する。「社会学者は，なにかを見せたり感じさせたりすることをめざしているのではなく，感受しうるもろもろの所与を説明できるような，知性によって理解可能な諸関係のシステムを構築することをめざしているのである。[…] 芸術作品の [...] 社会的条件を科学的に分析することは，文学経験をなにかに還元したり破壊したりするどころか，むしろ強化する作業である」(Bourdieu 1992=1995:15)。つまり，芸術作品がもつ意図やメッセージそれ自体を言語化することを回避しつつ，芸術作品の制作や鑑賞を可能にする「システム」を分析するのならば，それは決して芸術内部のリアリティを破壊することにはならないだろうというわけである。このことをもっと簡素に述べるのならば，ルーマンの次の一節を引用してもよいであろう。「アドルノに反駁するのなら，その際に重要なのは『社会に対抗して独立すること』ではなくて，社会のなかで独立することなのである」(Luhmann 1986b:142)。あるいはここで社会学者ヘルムステッターの言葉を借りるならば，「芸術が何か特別なもので

あるということは，社会学的に見れば何も特別ではない」(Helmstetter 2011:42) といってよいであろう。

　以下では，これらのアプローチがどのようなものであるのかについて簡単に説明することにしたい。

ベッカー：アートワールド

　何を意味しているのか理解できない独自な芸術の出現は，社会の外部で生じるのではなく，あくまで社会的に生じる。ベッカーの着眼点は極めてシンプルである。芸術作品がどれだけ外部からの客観的な解釈を受けつけない独自のものであったとしても，どんな芸術作品も例外なく，それに関わる行為者たちの共同作業によって成り立っているではないか，というわけである。どんな小説家も，出版社やその編集者，文学賞に関わりをもたざるを得ないし，まして絵画や彫刻などの造形芸術ともなれば，その材料を調達したり加工するために様々な行為者が共同作業を行わなければならない。芸術に特有の規則（convention）はたんにそれ自体で存在するのではなく，その規則に基づいて，「共同活動（cooperative activity）」が行われることで，芸術作品が制作される (Becker 2008: xxiv)。何が芸術なのか，何が作品として評価されるのかは別にして，しかしその「芸術」に対しての何らかの合意と協力が行為者のあいだで行われて，それが作品として生産されるのである。彼はこうした一連の共同作業のネットワークを「アートワールド」と呼んでいる。「アートワールドは作品を制作し，さらにそれらに美的な価値を与える。本書は，これまで指摘したとおり，美的な判定を下すものではない。その代わりに，美的な判定を集合的行為に特徴的な現象として扱う。このような視点からすると，それに関係するすべてのグループの相互作用が，集合的に制作するものの価値について共有しているセンスをつくりあげる。共有している規則の価値を認めあうこと，お互いに支援しあうことによっ

て，自分たちは価値のあることをしているのだという確信が生まれるのである」(Becker 2008:39)。だから彼にとって，アートワールドはその独自の自律性にもかかわらず，「俗世間の社会的・組織的な問題」(Becker 2008:38) なのである。

　ベッカーのアプローチは，芸術を組織的問題のなかで，あるいは行為者のネットワークのなかで分析しているところにその特徴がある。この意味でベッカーの研究は，芸術の社会学というよりも，むしろ「職業の社会学」(the sociology of occupations) の芸術への応用 (Becker 2008:XXV) であると言えるだろうが，芸術を社会学的に，とくに経験的に研究する可能性を与えている。しかし相互行為というすべての社会領域に共通する特徴から芸術を論じたことで，芸術の独自性が何であるかということが不明確になっている。それゆえ，ベッカーの理論枠組みからでは，「なぜ」芸術に参与するのかについて明確な回答は得られないだろう。

ブルデュー：芸術場

　ブルデューは，「固有の法則に従う独立した世界としての文学場」(Bourdieu 1992=1995:83) がいかにして成立したかの問いに対して，その要因を「卓越化（distinction）」という競争原理に見ている。

　彼は19世紀後半のフランスを分析しながら，政治や経済分野への参入に失敗した若者が芸術を志す傾向にあることを指摘している。まず政治に関していえば，「1848年の革命の挫折と，ルイ＝ナポレオン・ボナパルトのクーデター，そして第二帝政の長い荒廃を味わったこの世代の政治的体験が，[…]『芸術のための芸術』への崇拝へとつながった」(Bourdieu 1992=1995:101)。さらに経済に関していえば，「実業界の発展によって，提供されるポストの数は増えたものの，中等教育修了者の数も19世紀前半，ヨーロッパのいたるところで顕著に増加し，フランスではやがて第二帝政下でいっそう飛躍的な増大をとげたため，企業や公職（特に

教育制度）は彼らのすべてを吸収することはできなかった」(Bourdieu 1992=1995:92-93) ことが芸術活動への参入を動機づけた。芸術が社会の外部にあってあらゆる社会性を拒否しているかのように見えるのは，そもそも社会から若者たちが排除されていた当時の社会状況を反映したものである。

　しかし，彼のいう文学場は，芸術の外部に位置する政治的・経済的・教育的な競争のなかで生じるだけではなく，芸術内部での競争によっても生じる。「マネが創始者となった象徴革命は，最終的な権威，芸術に関するあらゆる係争に決着をつけることのできる最終審裁判所の権威に訴える可能性そのものを廃棄した。中心的な立法者（この役割は長いあいだアカデミーによって演じられてきた）の一神論は，不確かな複数の神々の競合関係に取って代わられる」(Bourdieu 1992=1995:212)。政治や経済，教育での競争に勝てない人たちは，芸術という新しい競争の場をつくりだすことで，自身の卓越性を手に入れるチャンスを生みだすのだが，その徹底した競争原理ゆえにいかなる勝利もすぐに駆逐され新しいものに取って代わられる。「高度な自律性と自覚の段階に達した〈場〉においては，競争のメカニズムそのものが，世俗的な満足や俗世間的な充足，普通の行動目的などを拒否するところに成り立つ普通の枠を越えた行為を，ごく普通に生産することを可能にし，助長する」(Bourdieu 1992=1995:114) と彼が述べているように，その競争原理の徹底さゆえに，芸術ではどんな勝者もすぐに蹴落とされるのである。その結果，どの点で勝つかよりも，勝つことそれ自体が目的となり，本来ならどの競争にも必要なはずのルールはいとも簡単に破られ，次々と新しいスタイルや技法が，絶えず再生産されるようになる。これが，内容やメッセージを問題にすらしない芸術作品を生みだす原動力なのである。

　もちろん，彼の理論には批判も多い。なぜなら，すべての芸術家が競争原理のみで行動しているのかについては疑問視されてよいからであ

る。ブルデューは19世紀後半の文学や芸術のみに注目しているが，20世紀初頭のアヴァンギャルドではそうではなかった。ブルデューが取り上げた1901年パリのフランス作家会議では，確かにどんな流派（イズム）が正統性をもつのかをめぐる闘争の場になったが，1922年デュッセルドルフで開かれたアヴァンギャルド芸術家の国際会議では，様々な芸術流派を超えた共同作業が生まれた (Magerski 2011:96-97)。芸術が自らの優越をめぐる単純な闘争の場へと狭まっていくことを芸術家自らが反省するようになったというわけである。さらに本書においては次の点でも問題がある。なぜ人々は，自身の「卓越化」のために芸術に参与するのかということである。政治活動や経済活動，学問を通じても，個人の卓越性を示すことは可能であることを考慮するなら，再び「なぜ」芸術に参与するのかという問題が発生する。

ルーマン：芸術システム

「卓越化」のなかで闘争の場として芸術を論じたブルデューに対して，ルーマンは芸術というシステムを「分化（Differenzierung）」のなかで論じている。英語で考えてみると，distinction（ブルデュー）と difference（ルーマン）という，一見するとどちらも似たような表現を使っているが，「卓越化」という概念で想定されるのは，いわば諸個人が自らのアイデンティティや存在意義をめぐって闘う姿であるのに対して，「分化」の概念で想定されるべきなのはむしろ，機能性と効率性の観点から政治や経済，法，学問，教育，芸術等，社会システムがそれぞれの専門分野ごとに作業分担していく姿であろう。

しかしこのような作業分担は，「分業」と同一視されてはならない。なぜなら，分業という概念では，何らかのひとつの目的や全体性のために諸社会領域が一致して取り組んでいるような状況が想定されてしまうからだ。「このような分化の概念が打ち壊すのは，古典的なシステム理

論の出発点，つまりひとつの建物が複数の石から構成される，ひとつの身体は複数の臓器から構成されるといったような，ひとつの全体は諸部分から構成されるという出発点である」(Luhmann 1993:21)。「分業」とは違って，ルーマンの「分化」の概念は，むしろそのような「全体」性を想定することなしに，「機能」や効率に応じて，より即応的・場当たり的にそれぞれの社会システムが形成されることを意味する。それによれば，「需要に応じて，現在の置かれた状況に応じて，機能に関する様々な能力やその他の重要性の観点に応じて，すべての人がすべての機能領域へアクセスできるようになる」(Luhmann 1993:21) のである。そして，芸術もまたこのような社会システムのひとつであり，「需要（Bedarf）」あるいは必要性に応じて形成される。つまり芸術はいかなる目的をも超越した自己目的的な領域などではなく，芸術に参与する「なぜ」があるからこそ存立しているのである。

　このアプローチの特殊性は次の点にある。ルーマンのシステム理論は，「部分／全体」の関係ではなく，あくまでも「システム／環境」の関係からシステムを記述するという点にある。つまり，私たちは芸術内部の様々な要素を収集し，それらの共通点を探り，一般化することで，芸術をひとつのシステムとして記述することになるだろう。例えば様々な芸術作品を収集・分析して，芸術の一般的な傾向を明らかにするという美術史などである。しかし，芸術作品の多様性およびメッセージの不確定性を前提にするのなら，この「部分／全体」のアプローチを芸術に適用することは困難である。それに対して「システム／環境」のアプローチは，芸術とその外部の環境との「違い（Differenz）」によって，芸術が専門的な社会システムとして成立すると見る。前者がもっぱらシステム内部を見ているのに対して，後者はもっぱらシステムの外部との違いを見るのである。つまり，なぜ芸術に参与するのかといえば，政治や経済，学問，法によっては解決することのできない特別な動機が働いて

いるからである．パラドキシカルな方法ではあるが，このアプローチが示唆するのは，芸術について知りたいものは，芸術以外の社会システムとの違いに注目せよということである．このアプローチによって，政治や経済や学問によっても獲得しうる卓越性を芸術の動機に見立てることを回避し，芸術のみが実行可能な芸術固有の動機を探し当てることが可能になるのだ．

「システム／環境」のアプローチがもつさらなる利点は，芸術と「全体社会」との関係について考察する必要を免除していることにある．つまり，芸術は全体社会に対してどのように役立つのかといった問題を考えないで済むのである．なぜならシステム理論にとって，芸術が他の社会システムでは代替することのできない何らかの需要に応えているという点ですでに，その事自体が全体社会に貢献しているからである (Luhmann 1997:217)．つまり芸術にはどのような教育効果があるのか，人々の道徳意識を高めるのか，あるいはコミュニティをつくりあげるのかといった議論をする必要はないのである．

本書ではまさにこのような観点から，基本的にルーマンのシステム理論に依拠して分析を行う．全体への貢献を芸術の存立要件とはみなさないが，それを社会の外側に立った超越的存在としても位置づけず，もっぱら他の社会領域では満たすことのできない特別な需要へと注目することで，「なぜ芸術に参与するのか」という問いに答えることが本書の分析枠組みである．

いずれにしても，これらの3つのアプローチを簡単にまとめるのなら，ベッカーは芸術をそれぞれの具体的な制作・干渉行為による「共同作業」として，ブルデューはそれを「卓越化」あるいはそれをめぐる「闘争」行為によって，そしてルーマンはそれを固有の機能に基づいた「分化」として論じている．どのアプローチにも共通しているのは，もはや芸術は社会の外側に立つものでは決してなく，純粋な意味で「新し

さ」をもたらすものでもないが、あたかも社会の外側に立ち、このような社会に還元できないものを生産・受容する制度（「アートワールド」や「場」、「システム」）が社会的に存在しているという前提である。本論では、このうちのルーマンのシステム理論を分析手段として用いるが、具体的にどのように用いるかについては、第2章で詳しく論じることにしたい。

4．芸術の反映としての社会

さて、本章でこれまで、芸術作品のなかに意図やメッセージを読み取るアプローチ（第1節）から、意図やメッセージが読み取れないというところに芸術の意味を見出すアプローチ（第2節）、そして、そのような読解不可能な作品の制作・鑑賞を可能にする制度（共同作業、闘争、理解を可能にするコミュニケーション・システム）を社会的なものとして分析するアプローチ（第3節）を挙げてきた。しかし本節では、（メッセージを読み取ることのできない）芸術が社会にどのような影響を与えるのかを分析するアプローチを記述することにしたい。

ゲオルク・ジンメル：芸術のアナロジーとしての社交

このようなアプローチは実は決して新しいものではない。ゲオルク・ジンメル（1858-1918）にその源泉を見出すことができる。彼のアプローチはしばしば、芸術がそうであるゆえに社会もまたそうであるというロジックをとっている。

ジンメルにとって芸術は、かつて（ルネサンス時代）「すべてを包括する力」、「現存する能力の総計、これまでに獲得した発展の頂点」を表していたが、いまやこうしたものは芸術作品からは読み取れなくなっており、「芸術がもつ力は、あたかも光り輝く惑星がバラバラの隕石に分

解されてしまったかのように，様々な無数の個々人に分散してしまったかのように見える」(Simmel 1890:39)。つまり，彼にとって近代の芸術は，芸術の傾向全体や，芸術作品の内容（例えば人類の発展）を表すことは無くなってきている。そしてその代わりにジンメルは，芸術作品をむしろ単なる「形式（Form）」のなかに見る。「この形式が自己目的になり，自己の能力と自己の権利とから活動的となり，それ自体から […]，選択し想像するようになるやいなや——そこに芸術があり，この芸術はまったく生活から離れ，芸術に役立ち，芸術によっていわばふたたび生産されるもののみを生活から取り出す。[…] これらの諸形式がいまや獲得するのは独自生命であり，この独自生命とは，[…] 内容へのすべての定着からの解放の実現である」(Simmel 1917=2004:60-63)。ジンメルによれば，芸術は内容から解放された形式であり，それは自己目的的に，生活から離れて再生産される。芸術はメッセージのないままに，しかし「形式」のもとで自己目的的に活動するのである。

　しかしジンメルの最大の特徴は，「形式」によって芸術だけを理解しようとするのではなく，芸術以外の様々な社会をもまた芸術と同じように「形式」的な側面から見ようとすることにある。例えば，ジンメルは「社交（Geselligkeit）」もまたこの点で芸術と同様だとする。「われわれは社交を社会化の遊戯形式とみなし，そして——〈必要な変更を加えて〉——内容の明白な具体性への社交の関係を，実在への芸術作品の関係と同じとみなす」(Simmel 1917=2004:65)。というのも，次にジンメルが述べているように，社交もまた，会話のための会話であり，会話それ自体の内容やメッセージ，行為者の意図はそれほど重要ではないからである。「人びとは真面目な生活においては，彼らが伝えようとする内容や，たがいに分からせようとする内容のために話す。しかし社交においては話すことが自己目的になり，[…] それには独自の芸術的な法則がある」(Simmel 1917=2004:75)。なぜジンメルはこのような社交を重要なものと

して取り上げなければならないのだろうか。ジンメルによれば社交とは「もっとも純粋な，もっとも透明な，もっとも容易に興味を引く様式の相互作用，平等者たちのあいだの相互作用である」(Simmel 1917=2004: 71)。すなわち，目的なく続けられる会話のための会話のなかに，あるいはメッセージのよくわからない芸術作品のなかにこそ相互作用の最も純粋な社会関係が表れているのである。

　意図や目的から離れて，スタイルや形式のみで振る舞うことは，ジンメルにとって芸術固有の動態にとどまらない。それはまず「社交」のなかで見出されるのであり，より根源的には近代社会のもつ特徴そのものなのである。だからこそ彼の「形式社会学」は芸術のみならず，近代社会全体に応用可能となる。このアプローチにおいては，芸術に社会が反映されるのではなく，社会そのものが芸術的なのである。

芸術と他の社会領域との関係

　このようなアプローチとは異なる文脈ではあるものの，芸術が他の社会領域にどのような影響を及ぼすのかという観点からの研究も行われているので，ここではそのいくつかを紹介することにしたい。

　芸術社会学の多くは，まさにベッカー，ルーマン，ブルデューがそうであったように，多くの場合，芸術を自律的で独立しているものとして記述している。しかし，このことは決して，芸術がまるで孤島のように社会という広大な世界のなかで孤立していることを意味するわけではない。芸術は固有のダイナミズムに基づいて，他の様々な社会領域と関係を結ぶことができる。

　ミリアム・クレスティン・ホルは，このような芸術と他のシステムとの関係を「相互システム間の関係」として次のように捉えている。一方で作者や鑑賞者は，芸術を通じて他の社会領域を観察することができる。他方で政治や経済も，自らの動機に基づいて，つまり権力の正当化

のために，あるいは売上のために芸術を扱うことができる (Holl 2011:183-184)。例えば，一方で芸術の作者や鑑賞者は，政治的事件やお金への欲望，学術的な議論，マスメディアの情報といったものを芸術作品の題材として，芸術的な観点から観察することができる。他方でギャラリーは，どれだけ芸術的価値の高い作品であっても，それを「商品」として扱い，売れるか否かを観察しなければならない。法律家であれば，作品のなかに描かれている猥褻な表現が合法か違法かを観察するであろう。芸術作品ひとつを手にとってみても，そこには芸術のみが関わっているのではなく，様々な社会領域が関わっていることを知ることができるだろう。ハンク・デ・ベルクは「ある記号の意味は，固定的なものでも静的なものでもなく，むしろそれぞれの状況で別様でありうる。というのも，まさにその記号は，様々なコミュニケーションのプロセスのなかで，様々な差異の広がり（対立）をもちうるからである」(Berg 1993:36)と述べている。このような観点からも，芸術をより広い社会的連関のなかで観察することが必要である。

　ではこうした芸術と他の社会領域との関係について，どのような研究があるのだろうか。以下でいくつか挙げることにしたい。

　ドイツの社会学者ミヒャエル・フッターは，芸術は新しい価値を創りだし経済成長に影響を与えるという観点から，芸術と経済との関係を研究している。彼の研究のひとつによると，14世紀以降，ペストの脅威が去ったフィレンツェでは，大家族企業が再登場し，宮廷生活的ライフスタイルが普及，中間層が著しく増大していた。そのなかで芸術作品は，その内容を超えた意義を有するようになった。14世紀の画家マサッチオによる『聖三位一体』は，一方では父と子と精霊を描いた宗教画でありながら，他方ではその背後にある建築物が極めて詳細に描かれており，その建築主が容易にわかるようになっていた。さらに15世紀のフィレンツェの画家ドメニコ・ギルランダイオによる『聖母マリアの誕生』でも，

一方では宗教画でありながら，他方では15世紀の「美しい家」が題材とされており，ひとつの居住空間のなかに，壁の木製はめ込み細工，柱の化粧しっくい，登場人物の金襴の衣装などが描かれている。これらはどれも，その当時の工房で製作可能なものであった。それまでは質素で装飾を施さない部屋が一般的であったが，この絵は新しい中間層のライフスタイルをも描いていたのである。この時代の絵画の特徴は，たんに絵を描いているのみならず，いわば新しい需要をも描いていたのである (Hutter 1986:15-16)。こうして芸術はこれまでには存在しなかった新しい経済需要を生みだし，経済発展に貢献するのである。

　フッターの研究した時代とは異なり，戦後の新しい経済体制としての脱工業化社会，つまり広い意味で情報，知識やサービスなどの経済分野が大きく発展する社会との関連で芸術を論じた研究もある。社会学者のフェザーストーンは，「経済の文化的次元」と「文化商品の経済」(Featherstone 2007:82) という2つの局面から分析している。彼によれば，戦後ますます「物不足（scarcity）」が解消されていくなかで，経済成長を維持し，供給過剰を解消するためには，消費者に「浪費（squander）」，つまり自由な消費をさせなければならなかった (Featherstone 2007:21-22)。1920年代のアヴァンギャルド，またとくに1960年代のポップアートやポストモダニズムは，（アンディ・ウォーホルがキャンベル社のスープ缶を作品にしたように）日常的な商品を芸術とみなした (Featherstone 2007: 25)。そのとき，高尚な（芸術的）文化と低俗な（非芸術的）文化の境界は崩壊し，こうして何もかもが芸術作品とみなされるようになる。そこではいまや「表現的な反逆者，スタイル的なヒーローとしてあらわれる芸術家による，ロマンティックなボヘミアン的ライフスタイルのもつ魅力が強いテーマとなる」(Featherstone 2007:25)。商品の芸術化によって，芸術もまた商品化する。いまや絵や彫刻だけでなく，都市や日常品や家具や車までもが，機能的な利用価値ではなく，美的なデザインとして，

つまり芸術作品として扱われるようになり、そのような芸術商品は企業にとっては利益になる。このように企業は自らの利益のために芸術を利用し、芸術もまた自らの範囲を拡大するために、経済を必要とする。いわば芸術と経済の相互依存関係こそが、ポストモダンの消費社会というわけである。

　他方で、消費的な側面よりも生産的な側面に焦点をあてているのは、社会学者のメンガーである。彼は近年の経営哲学がフレキシビリティ、クリエイティビティ、イノベーション、個性（あるいは自己実現）、オリジナリティなどの理念に傾倒している状況に注目している。これらの概念がなぜ芸術的なのかについて、ここでは詳しく解説する必要はないであろうが、確かに際限のない新しさへの追求を是とする企業とは、まさにアヴァンギャルドなどの芸術家そのものである。彼によれば、芸術はもはや労働の否定ではなく、現代の労働そのものになっている (Menger 2002:9-10)。なぜなら、「個人の希望は、いまや社会的・経済的な必要によっても、〔筆者注：ピューリタン的な意味での〕倹約さの理念によっても特定されないからであり、人々は、直接的に欲求を満足させるという快楽主義的な儀式を通じて、息をつく暇なく、いつも新しくなり、継続性がないためにすぐに無意味になるような娯楽の競走へと向かっている」(Menger 2002:23)。直接的な労働作業から生じる物質的満足から離れているかぎり、資本主義の駆動力であったプロテスタントの倫理は根拠を失い、むしろ資本主義に破壊的な影響を及ぼすと、彼はダニエル・ベルの議論から主張している。そして、このような社会状況から雇用は不安定になると指摘する。すでにこれまで述べてきたとおり、芸術においては作品を統一的に評価する基準など存在しない。それと同様に、労働者も、コンピテンシーやタレントといった大雑把な評価基準によって判断されるようになる (Menger 2002:92)。芸術において、作品を客観的・統一的に図る基準がなくなり、代わりに「グー（goût）」などの内容の

ない曖昧な尺度が生まれたのと同様なのである。

　芸術と経済の関係を対象にするアプローチにおいては，近年のポスト工業社会の特徴が，芸術の全面化にあると捉えられているので，ジンメルのアプローチと同様，これまで芸術とは考えられていなかったような対象までもが芸術へと含まれている。例えば，都市や観光，祝祭，ファッション，広告，プロダクト・デザインもまた，芸術なのである。これらはどれも日常とは違った見方を（日常的に）提供し，これといった目的もないままに，既存の規範や価値観を多様で流動的なものへと変えていく。そこでは経済的な利益を上げるために，生活の必要性に基づいた利便性の高い機能的な商品よりも，（本来経済的には利益にはならなかったはずの）デザインやスタイルのほうがより重要になる。

　いずれにしても，芸術と経済との関係に焦点をあてた研究からわかるのは，芸術はいまやたんに美術館やギャラリー，書籍という限定された物理空間のなかにのみ存在するのではなくて，その他様々な領域にも発展しているということである。これをネガティブに捉えるかポジティブに捉えるかは別として，芸術を研究することの現代的意味をこれらの研究は提示している。

　しかし経済だけでなく，他の社会領域にも影響を与えるということをここでは提起しておきたい。本論からは脱線するが，例えば恋愛の領域である。ヴェルバーが研究しているように，「愛と小説は共に進化してきた」(Werber 2003:10)。今日「恋愛」として理解されているものは，近代以前には存在しなかった。階層化された社会において人生のパートナーを選択してきたのは，個人ではなく家族や両親，一族や首領たちであり，貴族，ツンフトやギルド，農民たちは同じ階層の人間と結婚した。婚姻関係を結ぶことは，親族関係のなかでは政治的に重要な問題であったのだ (Werber 2003:27)。近代以降になって初めて，政治にも経済にも左右されず，「比較できない唯一の他者の特徴が，愛の主要な動機である

べきだという主張が18世紀になされるようになる」(Werber 2003:31)。このような変化に影響を与えたのは小説であった。「小説文学は，愛を必要性の観点（自然，本能，風習）で扱うのではなく，偶発性を扱い，[…] コミュニケーションが成功することのありえなさに向きあう」(Werber 2003:40)。このような恋愛を「ロマンティック・ラブ」，つまり日本語に直訳すると「小説的恋愛」と呼ぶのは偶然ではない。小説は恋愛を素材として扱うために利用し，恋愛もまたその実現のために小説を利用してきたのである。このようなヴェルバーの研究は，極めて重要である。なぜなら今日の現代社会でも，このような構図は有効だろうからである。実際，多くの若者たちは，現実のなかで実際に「恋愛」を始めるよりもずっと早く，小説やドラマ，漫画のなかで「小説的恋愛」を経験しているはずである。そうであるとするのなら，芸術が恋愛にどのような影響を与えているのかについても研究する価値があるだろう。

　芸術と他の社会領域（経済や恋愛）との関係性について注目するアプローチから指摘できることは，芸術はいまや社会の一領域だけに限定されてはおらず，あらゆる社会領域とますます強い関係を取り結ぶようになっているということである。社会には存在しない，あるいは社会の外側にある「非日常」として芸術を扱うことは，明らかに現代社会ではもはや不可能になっており，むしろ芸術は「日常」そのものになっている。

　このような考えに立つと，私たちが日常的に経験している様々な社会現象は，「芸術」との関わりで分析することもできるようになるであろう。例えば，経済的に価値のある商品（例えば家電や通信機器，自動車），労働市場で必要とされる人材，個人のアイデンティティ，恋愛関係，旅行・観光，こうしたものは一見すると，芸術とはほとんど何も関係していないように見えるかもしれないが，これらをある種の社会における芸術の拡大化現象のうちに，あるいは極端にいえば，芸術作品その

ものとして分析することもできるようになるだろう。私たちは、芸術家のような人材になりたいと思い、芸術作品のような商品をつくらなければならないのであり、恋愛小説のような恋愛関係を、芸術家のような自己アイデンティティを構築しなければならないのであり、私たちが住んでいる日常の町もまた、芸術作品のように演出されなければならない、というような社会環境のなかで生きているのかもしれない。

　本論ではこのようなアプローチからは研究できないが、芸術社会学はいつでもこのようなアプローチが考慮に入れられながら研究されるべきであろう。

　おわりに

　以下では芸術社会学のアプローチを本書の問いにあわせるかたちで簡単に要約したい。
　(1) 芸術作品には社会道徳や人類の進歩が反映されている、あるいはそれとは逆に資本主義の欲望によって操作されている等、その社会状況が克明に映しだされている。このような芸術の社会的反映論は、芸術作品がもたらす結果を説明しているのであって、その原因を説明しているのではない。
　(2) 芸術を社会の外側に立った孤高の存在として描くアプローチは、芸術作品の内部のリアリティを把握するのに適している。これまでの常識を覆すような経験を引き起こすもの、あるいは「崇高さ」のように人々を根底から畏れおののかせるものなど、何らかの日常的な固定観念を覆すものが芸術なのである。しかしこの見方は、作品を鑑賞したときの感じ方という美学的な方法を念頭においており、それゆえ芸術は、人々の主観的な認識（あるいは感性）のなかにしか存在しないことになる。このような説明は、芸術の社会学的な説明を困難にしている。

(3) それに対して，本書が問題としなければならないのは，むしろこのような一連の美学的な鑑賞が可能になる社会的条件である。システムであれ，場であれ，アートワールドであれ，芸術を制度として捉えるというアプローチは，その作品がどのような美的効果を引き起こすかではなく，そもそも美的効果自体を引き起こすことのできるような「制度」そのものへと注目している。作品よりも，作品にまつわる行為を可能にする社会的枠組みのほうが，はるかに社会学にとって重要なのである。このアプローチは，まさに上記の2つの問題を相殺する（aufheben）アプローチとして捉えられなければならないだろう。

　もちろんこのような制度的アプローチには欠点もある。このアプローチは，個々の作品内容の学術的な把握を半ば放棄しつつ，制度の分析へと着手するが，その結果，必然的に抽象的になる。というのも，システムや場，アートワールドといった概念に含意されているのは，それが物質的な制度というよりも，価値や協力関係，競争のプラットフォームといった直接的には目に見えない制度であるからである。さらに，シュムディッツが提起したような現代芸術の多様化を考慮すると，芸術を制度として捉えることの抽象度は高まるだろう。絵画についてだけ論じればよいなら，それをひとつの「場」として捉えるのは容易であろう。しかし，音楽，演劇，ダンス，写真，映画，マンガ，アニメ，コンピュータゲーム等々，あまりにも多種多様なジャンルが「芸術」のうちに数えられていることを考慮すると，私たちにはますます「芸術」全般について論じることが困難になるように思われる。芸術はそもそも場それ自体も多様であるので，過度な一般化は避けるべきであるという意見もあるだろう。しかし，例えば経済活動も極めて多種多様であることには変わりないが，「日本経済」や「世界経済」という一般化された場を想定することができる。そうであるのなら，なぜ経済は一般化でき，芸術は一般化不可能なほど多様なのかについて問わなければならないだろう。

この問題を解決するためには，何よりもまず芸術がミクロな枠組みのなかで社会学的に捉えられなければならない。少なくとも経済が「貨幣」を交換する場所であると考えるのならば，芸術にもまた貨幣に該当するような特殊な媒体が存在しているのかもしれない。それゆえ次章では，芸術を社会的なひとつのコミュニケーションとして論じていくことにする。

［第2章］

コミュニケーションとしての芸術

　本章では、芸術とは何であるのかをミクロな視点から定義する。現代の芸術がどれほど多様であるかを知っている人は、この試みを無謀であると思うかもしれない。また前章で述べたように、芸術社会学はむしろ芸術の定義の多様性も研究の対象としているがゆえに、このような試みには消極的である。しかし、何であるか全くわからないものについて、このまま論じるわけにはいかない。そのために本論では、芸術をコミュニケーションのひとつのやり方として扱う。このことが意味するのは、芸術を認知的・経験的な何かに還元するのではなく、人と人とのあいだで交換される何らかの媒体として理解することである。

　しかしこの試みも困難さが伴う。というのも、本書の冒頭で触れたように、もし仮にコミュニケーションを「何かを伝えること」であると定義するなら、芸術は具体的な「何か」を伝えているようには見えず、コミュニケーションの定義にはそぐわない。しかし、他方では何も伝えていないと完全に言い切ることもできないのだからコミュニケーションと呼べなくもない。結局のところ、たとえ芸術がコミュニケーションであったとしても、おそらくそれは通常とは異なるコミュニケーションなのであることは間違いなく、それゆえどの点でコミュニケーションと呼ぶことができ、どの点で通常とは異なるのかが指摘されなければならないだろう。その「違い」こそ芸術の定義になるはずだ。

本章ではこのために，いかにして芸術をコミュニケーションとみなすことができるのか，そして，芸術がコミュニケーションであるなら，それは通常のコミュニケーションとどのように異なっているのかについて考察することで，芸術の定義を行うことにしたい。

1．自我による思い込みとしてのコミュニケーションとその接続

すでに第1章で論じたように，ルーマンのコミュニケーション概念では，情報の「伝達」にではなく，その「理解」のほうに重点が置かれている。コミュニケーションが成立するその細かいプロセスについては，以下の図1を用いながら説明することにしたい。ただし以下の図では「りんご」と「りんごの絵」を事例として用いるが，ここでは芸術コミュニケーションの特徴を説明しているのではなく，通常の言語コミュニケーションをも含めた一般的なコミュニケーションについて説明する。

まずAさん（自我）は，Bさん（他我）が「伝達」した「りんごの絵」を鑑賞している。この絵が何かを伝達している以上，このときAさん（自我）は，絵が示しているその何らかの「情報」について想像するだろう。つまり「りんごの絵」が指し示しているのは「りんご」だと「理解」するはずだ。ここでいう理解とは，もちろん客観的な理解ではな

図1：コミュニケーションにおける情報／伝達／理解

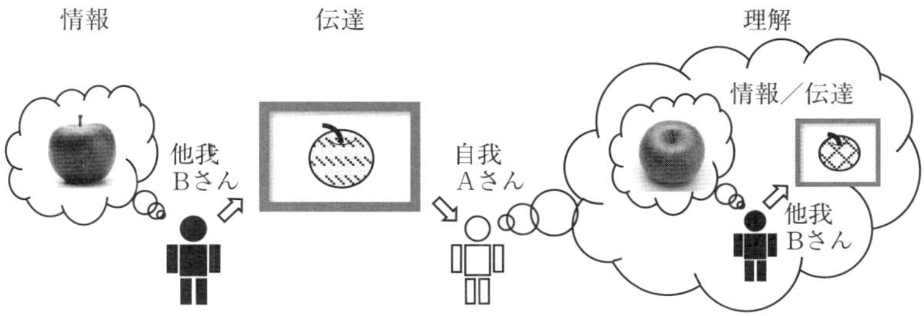

く，伝言ゲームのように暫定的・主観的な理解である。

　このことをもう少し詳しく見てみよう。ルーマンは，情報を「シニフィエ」（記号内容，または表しているもの）として，伝達を「シニフィアン」（記号表現，または表されているもの）として言い換えている (Luhmann 1996c:379) ように，情報（りんご）と伝達（りんごの絵）とは，必ずしも自動的に一致しているわけではない。だから，情報と伝達がどのように対応しているのかは，客観的・自動的に決まっているのではなくて，自我（Aさん）が自分自身で独断的に「選択」しなければならないのだ。こうしてAさんは，この絵はおそらく「りんごの絵」であり，その内容は「りんご」だと，情報／伝達の違いを処理して「理解」しなければならない。その「理解」が生じるときに，初めてコミュニケーションは成立するのである。ルーマンによれば，「自我（Ego）が〔訳注：情報と伝達という〕2つの選択を区別し，この違いを自分自身で処理することができるとき，このとき初めてコミュニケーションは成立する。[…] この違いは，自我が他我（Alter）を観察するなかに存在する」(Luhmann 1984:198)。コミュニケーションとは，他者が何かを伝達することではなくて，なによりもまず自我が，情報／伝達の差異を引き受けて「観察」し，自我自身がその違いを処理して「理解」することなのである。

　しかし，何を意図して言ったかよりも，それがどう受け止められたかを重要視するとなると，コミュニケーションの不確実性はますます増大することになるだろう。ルーマンによれば，「私たちは毎日コミュニケーションを経験し，それを実際に行い，それがなければ生きていけないにもかかわらず，コミュニケーションは不確実である（unwahrscheinlich）」(Luhmann 1981:190)。それは，いつでも失敗へと転落しそうな綱渡り状態にあるのだ。この点をさらに細かく見てみると，次の3つのどの水準でも不確実性は生じうる。(1) まず相手が何を考えているのかを理

解することがそもそも不確実である。(2) コミュニケーションがその時その場に居合わせる状況を超えて到達する（Erreichen）かどうか不確実である。(3) たとえコミュニケーションが到達し，理解されたとしてもさらにそれが受容される（annehmen）こと，あるいは成功（Erfolg）することも不確実である (Luhmann 1981:190-191)。この3つの水準の不確実性のなかでとくに本論の問題関心にとって重要なのは，(1)「情報」の不確実性であろう。

　本論の最初の問いに立ち戻ってみると，それは，なぜ芸術作品（少なくとも東ドイツの1980年代のアンダーグラウンド文学作品）は，作者の意図や目的，メッセージを明示しないのかということであった。情報が欠落したままの伝達，すなわち何が伝えられているかわからないのに何かが伝えられているという特徴をもった芸術作品，これを分析するためには，BさんからAさんへと小包やメールのようにある情報が「移転」されるという通常のコミュニケーション図式は適さないのである。ルーマンによると，「この〔訳注：移転の〕メタファーは，『移転』されたものの同一性を誇張している。このメタファーを用いると，移転された情報は，送信者と受信者にとって同じものであると想像しないではいられなくなる。それが当たっている場合もあるかもしれないが，このような同一性は，情報の内容がもつ性質によってあらかじめ保証されるのではなく，まずもってコミュニケーション過程のなかで構成されるのである」(Luhmann 1984:194)。それゆえ情報を共有することなど，他我の頭のなかを直接見るテレパシーでもないかぎり不可能である。

　このような情報共有の不可能性は，どんなコミュニケーションにもつきまとうが，なかでも芸術の特徴は，最初からその不可能性を前提にしているという点にある。ルーマンによれば，芸術作品の特徴は，何かを（作品として）「伝達」しているのだが，それが何なのかという「情報」は全くわからずにブロックされている (Luhmann 1997:244) という点にあ

る。つまり何を伝えているのかわからないが何かを伝えているのが芸術なのである。このことをルーマンは「知覚（Wahrnehmung）」との対応関係でも論じている。芸術においては，見ること，聞くこと，感じること，すなわち知覚が何よりも問題になるが，このことによって生じるのは，「直接的にイエス／ノーの選択肢を追求する言語的なコミュニケーション」とは全く正反対のものであり，「知覚されたものをコンセンサス・テストにかけないようにしている」(Luhmann 1997:227)。その場合に重要なのは，「芸術は言葉や概念では充分に再現できないが，それにもかかわらず，あるいはそれゆえにコミュニケーションになる」(Luhmann 1997:36)ということである。「知覚／言語」のコミュニケーションの差異は，外国語での会話と歌の違いを事例にすればわかりやすいであろう。英語を全く知らなければ会話のほとんどは失敗するが，英語の歌の場合，英語の知識が全くなくてもそれを鑑賞することができる。知覚のコミュニケーションは，いわば（1）言葉にならないにもかかわらず，（2）何かを伝えているにもかかわらず，（3）結局は言葉にならない，というパラドックスのもとで行われる。

　しかし自我による独断的な思い込みだけでコミュニケーションが成立するのであれば，キャッチボールのようにコミュニケーションが連続することはいかにして可能なのだろうか。

　社会学者のグレスホフは，ルーマン理論におけるコミュニケーション接続のメカニズムを，コミュニケーションそれ自体に含まれている「動機」から説明している。グレスホフによると，ルーマンのいう「選択（Selektion）」は，もうそれ自体で「意図や関心に基づいた，主観的な出来事である」(Greshoff 2008:456)。何らかの情報を知らせるということそれ自体ですでに意図的なのである。「環境からシグナルを受信したことの必然的な結果（logische Konsequenz）として情報が本当に受動的に獲得されるわけではない。むしろ情報はいつでも意思的な要素を含んでい

る［…］。つまり，情報が生みだされるようになる前に，情報についての関心（Interesse）が形成されていなければならない」(Luhmann 1998a:71-72)。つまり，何かの「情報」を「選ぶ」からには，そこに何らかの関心あるいは意図があるというわけである。「りんご」の情報を伝える絵を目にして，リンゴの広告を出しているのか，作品としての質の高さを示しているのか，その意図を自我は考えるだろう。このとき自我は，相手に何らかの意図や期待，動機を帰属させる（zurechnen）(Greshoff 2008: 457)のである。

このように伝達された情報に意図が読み込まれることは，システム理論においては「行為（Handlung）」と呼ばれている。ただし，ここで注意しなければなうないのは，システム理論においては「行為」の概念が意味しているのも「行為すること」それ自体ではなく，（相手が意図をもって）「行為していると理解すること（Handlungsverständnis）」である(Greshoff 2008:457)。だからルーマン自身が述べているように，「伝達を『行為』として同定することは，ある観察者の構築物である」(Luhmann 1998a:86)。この意味で行為とは，情報発信ではなく，観察者による情報処理であるといえる。他我の伝達行動に自我が意図を読み込むとき，初めてその伝達行動が自分に向けて「送信」されていることが明らかになる。そして送信先が自分であることを自我が理解できれば，今度は逆に自我は相手に何かを返信するチャンスを得ることができる。「コミュニケーションは，伝達する人から伝達の受取人へという方向をとるのであり，この方向が逆転できるのは，受取人が自分自身で何かを伝達すること，つまり行為を始めることによってのみである」(Luhmann 1984:227)。

このように自我が相手の伝達行動を「行為」であると読み込むことが，なぜコミュニケーションの接続に結びつくのだろうか。それは，いちど自我が伝達されたものに意図を読み込むとなると，さらに自我はそれに対して受容か拒絶かの「二者択一（oder）」(Luhmann 1984:205)を迫

られるためである．この点で，「受容／拒絶」はコミュニケーションの「接続行為（Anschlußakte）」なのである (Luhmann 1984:204)．このとき，受容も拒絶も差し控えることは難しい．なぜならたとえそのために沈黙を選択しても，いまや今度は他我がその沈黙を「拒絶」と理解しうるからである．すなわち自我の沈黙は（たとえ拒絶を意図していなくても）他我がそれを拒絶と理解することもありうるのだ．こうして，他我はその拒絶に対して様々な伝達行動を返すチャンスを得ることになる．

　以上のことを要約すると，次のように位置づけることができるだろう．コミュニケーションは「理解」すれば，そこで自己完結していくのだが，そこに何らかの意図や動機が想定されたとき，その「メッセージ」の送信先が（自我によって）確定される．このとき，自我は「受容／拒絶」の選択を迫られる．その選択が今度は伝達行動として，他我に認知され，コミュニケーションの継続が可能になる．他我が何かを期待して何かを自分に伝え，受容／拒絶のいずれかの反応をうかがっていると自我が理解している，このことを他我も理解している，ということを自我が理解しており……，このような循環のなかでコミュニケーションは再生産されるのである．このことの意味は，2人の行為者によるメッセージの送信／受信というシンプルな構図ではなく，相互の盲目な観察者による伝言ゲームという複雑な構図からコミュニケーションを読み取ることにある．なぜこの複雑なコミュニケーション理論が本書にとって必要なのかといえば，情報内容の不確実さが前提にされている芸術もコミュニケーションのうちに含めることができるためである．

　しかし，芸術もコミュニケーションでありうると述べただけでは，「なぜ」そうしたコミュニケーションが継続的に再生産されるのかを明らかにしたことにはならない．そのリンゴの絵が，商品広告ではなく，芸術作品を意図しているという「動機」を確定し，それについての「受容／拒絶」を芸術特有のやり方で誘導することができて初めて，芸術が

コミュニケーションとして再生産されるのである。ルーマンのこの動機と接続のメカニズムが，以下で説明するように，芸術のメディアとコードである。

2．芸術におけるコミュニケーションのメディアとコード

　ルーマンにとって芸術を動機づける，あるいは充分に期待可能なものへと誘導するのは，「象徴的に一般化されたコミュニケーション・メディア（symbolisch generalisierte Kommunikationsmedien）」という社会的なメディアである。具体的には，政治は「権力」を，経済は「貨幣」を，学術は「真実」を，法は「訴訟」を，そして何よりも芸術は美（Schönheit）をそのような社会メディアとして用いる。芸術を期待可能にするとはどういうことなのだろうか。ルーマンによれば，「芸術は社会的に構築された期待を前提にできるようにしなければならない。——例えば，［…］音楽は，音楽として聞くことができる，つまり騒音とは違っているだろうものとして聞くことができる期待であり，あるいは単純にいえばそれは，コンサートホールや文学作品，美術館などのなかで芸術だと見出される期待である。そのような期待が前提にされていなければ，［…］芸術は自身で再生産することはできないだろう」(Luhmann 1986a:132)。そのりんごの絵が商品広告ではなく，「美」についての表現であることを観察者が事前に期待することができることそれ自体，すでに「美」という社会メディアを当てにしていることになるわけである。「社会メディアが成立するのは，参与者が，他の参与者が観察できるものを観察できる（あるいは少なくとも観察できるものを推定できる）ときである」(Luhmann 1986a:133)。メディアは，自我と他我とが同じ対象に対して同じ関心をもっているという期待を想起させるのである。

　さらに「象徴的に一般化されたコミュニケーション・メディア」は，

それが芸術であるという期待を想起させるだけではなく，独自のコミュニケーションのコードを用いることで，そのような期待を「受容／拒絶」へと誘導する。「このコードは，コミュニケーションを刺激する機能，また動機づけに関する機能をも担い，それにもかかわらず選択遂行を中継することを保証する，あるいは少なくとも充分に期待可能にするのである」(Luhmann 1976:15)。経済の場合には「所有（Haben）／非所有（Nicht-Haben）」のコミュニケーション・コードが用いられ，政治では与党または統治（Regierung）／抵抗または野党（Opposition）のコードが，学問には真／偽が，訴訟には合法／違法，そして芸術の場合には「美（schön）／醜（häßlich）」のコードが用いられる。「美しい」を正の値（接続値）として，「醜い」を負の値（反省値）とみなしている。ルーマンによればこの両者の違いは，コミュニケーションの受容，接続の可能性が高いか低いかという点にある。「システムのなかで何かを始めることができるのは，正の値によって受容の可能性が高まったときである。負の値は反省値としての役割を果た」し (Luhmann 1997:302)「接続可能な条件が偶発的だということを表している」(Luhmann 1998a:363)。したがって，たんにりんごの絵が芸術であることを期待させるだけでなく，さらにその作品が成功しているのか（美），それとも失敗しているのか（醜）という芸術固有の「受容／拒絶」の二値的な判断が生じて，コミュニケーションは再生産されていくのである。コードとは，いわば肯定されるべき価値と否定されるべき価値をめぐって行われるコミュニケーションのゲーム化であると言ってよいであろう。

　ただしこの schön（美）という概念には若干の注釈が必要である。まず第一に，その単語を日本語で「美しい」と訳してよいかどうかという問題がある。なぜなら日本語の「美しい」という言葉が指し示している以上に，ドイツ語の「schön」は広い意味で用いられているからである。私の個人的な経験からすれば，おそらくより適切な日本語は，「イイ

ね！」であろう。つまり，ある外観に対して，それといった根拠のない肯定的な感情や印象を示す言葉である。Duden の同義語辞典を見るかぎり，確かに日本語と同様，「魅力的・刺激的 (ansehend, attraktiv, reizvoll)」や，「かわいい (hübsch)」，エロティックやセクシーなどの性的な魅力 (sexy, erotisch) も含まれるが，他方では「よい，好ましい (gut, positiv)」，「センスのよい (elegant, geschmackvoll, stilvoll)」，「見栄えのする (ansehnlich)」や「気に入った (gefällig)」，「心地よい (wohlig, angenehm)」という漠然とした意味も含まれる。さらにルーマン自身も，「美／醜」という二元コードを本当に芸術システムに固有の二元コードとして想定していいのかどうか疑問を呈している。「このような美／醜という指し示しが，ポジティブまたはネガティブなコード価値を表しているとすることは，今日ではますます困難になっている。〔訳注：芸術〕システムそれ自体が一貫してこのことに抵抗しているからである」(Luhmann 1997:310)。芸術においてたんに美しいものだけではなく，醜いもの，あるいは心地よくもなく，センスも悪く，見栄えもしない不快なものも芸術作品として評価されるようになってきているのである。ルーマン自身はあくまでも「美／醜」を芸術の主要コードとみなし続けたが，このような「美／醜」は，たんに「適合／不適合」を表す包括的な判断を表現したものにすぎない (Luhmann 1997:310) としている。そうであるのなら，芸術の主要コードが何であるかという問題は，他のシステムと比べても極めて不鮮明であるものの，やはり「適合／不適合」といった接続コードが存在していると考えるべきであろう。

　メディアとコードという極めて抽象的な観点は，上記で述べたコミュニケーションの基本枠組みと同様にあまりにも複雑かもしれない。しかし，こうした抽象性によって可能になるのは，芸術作品を美学的に理解しないでも芸術を把握することができることだ。この点についてルーマンは次のように述べている。「観察者に影響を与えるのは，芸術作品の

質ではなくて，その選択性である。つまり美がつくるのは，[…] 独自の選択空間に目を向けて選択を操縦すること」である (Luhmann 1976:20-21)。芸術作品そのものに「美」が内在しているのではなく，「美」はコミュニケーションを刺激するメディアであり，芸術とはその美を媒介にして継続されるゲームなのである。

さらにコードを通じた二者択一によるコミュニケーションの連鎖接続は，芸術の自律性を可能にする。なぜなら芸術においては美／醜のいずれかの選択肢しかないために，政治的，経済的，法的，学術的な受容／拒絶の選択肢は芸術から排除されているからだ。それと同時に，コミュニケーションの自律性は，芸術だけの特権ではないことをも明らかにしている。なぜなら芸術に限らず，他のコミュニケーション・システムがすべてそれぞれ自律的だからである (Luhmann 1997:218)。そうしてみると，芸術が自律的に作動しているということは，それが社会の外側に位置する超越性を保持しているからではない。経済や政治もまた，固有の動機と固有のコードに基づく閉鎖的なコミュニケーションの再生産を行っているのである。

観察者の理解に基づくコミュニケーション，そしてそれを動機づけ再生産するメディアとコード，このような位置づけによって初めて芸術を社会的なものとみなすことができるようになる。しかし，このような説明だけでは，まだあまりにも抽象的すぎて，芸術のコミュニケーションが継続的に進行するプロセスを充分に説明したことにはならない。芸術というコミュニケーションが，美のメディアとコードというたった2つの要素だけで成立することは稀であり，実際にはより具体的な作品制作のための技法や，作品を流通させる制度が成立していなければならない。

3．芸術の組織とスタイル

　上記では，芸術のコードがコミュニケーションの接続を可能にしていると述べた。しかし同時に，ただ実際には「美／醜」のコードだけで何かがなされることは稀で，実際に個々の作品が制作されるようになるためには，制作技法やマニフェストといった様々なプログラムが必要である。例えば「0／1」というコードだけで実際にコンピュータを使って何かを行うことは極めて難しいのと同様である。実際にコンピュータのコードに基づいて私たちが利用しているのは，プログラムあるいはアプリケーションのほうである。ルーマンはこのような関係を芸術システムのなかにも見出している。コードだけでは「あまりにも大きな可動域が生じてくる結果となり，その結果再び制限されなければならなくなる。［…］この条件づけを，《プログラム》と呼ぶ」(Luhmann 1998a:362)。

　芸術におけるプログラムについて，システム理論を用いた研究者たちは次のように具体的に記述している。いくら美／醜のコードのもとで美しい絵を描こうと動機づけられていたとしても，実際にはそのコードだけでは，真っ白なキャンバスを前にしてどう描いたらいいのか思い悩むことになるであろう。ヴェーバーとプルンペは，芸術家たちがどんなふうに描いたらいいのかという「問いを永遠に吟味する状態」から「プログラム」が生じると指摘している。どんなものが芸術のプログラムに該当するかは様々ではあるものの，「このようなプログラムは，時代のもつスタイルの有効性，ジャンルの規則，芸術家集団によるマニフェストに方向づけられうる」(Plumpe 2011:101)。例えば印象主義や抽象主義のような「スタイル」，あるいは油絵や水彩画というような「ジャンル」，制作のための技法，社会学者ベッカーがいう意味での「慣習（convention）」(Becker 2008:46)，またアヴァンギャルドのような芸術家による言

明的な主張（マニフェスト）などが，プログラムとして具体的に何が「美」に該当するのかを方向づけるのである。もちろん，この関係性は他の社会システムにも当てはまる。学者がたんに「真／偽」の区別を知っているというだけでは，どんな研究も始めることはできない。何が「真」に該当するかを決めるプログラム，つまり「理論」と「方法」が必要なのである。

　このような「コード／プログラム」の違いについて，ルーマンは次のように述べている。「コードは二分図式として安定的に保たれうる。それに対して，コードのもつ価値を正しく割り当てるというプログラム機能を満たすものはすべて，変化に，時代精神に，新しくあれという要求に委ね続けられるのである」(Luhmann 1997:327)。つまり，コンピュータでいえば，「0／1」のコードはほぼ変わることなく機能し続けるが，プログラム（アプリケーション）は利用者のニーズによって絶えず変化し続けるであろう。コードは時代の変化を全く受けることなく常に静的・安定的であるのに対して，プログラムは極めて多様な要因から絶えず変化するのである。このような構図は，芸術をシステムとして把握する際の問題点を解決する手がかりを与えている。経済システムでは，その多種多様性にもかかわらず「世界経済」や「日本経済」といった概念によって統一的な場やシステムが容易に理解されうる。それと比べて，芸術では，統一的な場やシステムとして認識することは困難であり，とりわけハイアート／サブカルチャーといった区別によって，異なるジャンルを同じ「芸術」のうちに含めることは極めて困難になっている。しかし「コード／プログラム」の関係を念頭におくなら，そうした多種多様性は「プログラム」の水準において生じているだけであり，コードの水準では共通しているとみなすことができるのである。

　さらに芸術作品を制作／鑑賞する一連のプロセスが充分に安定的に可能になるためには，「組織」が必要であることをイェンチュは論じてい

る。「このような組織は，ほとんどパラドキシカルなやり方ではあるが，目的集団として，目的のないこと，つまり芸術の自律性に広範囲にわたって奉仕する」(Müller-Jentsch 2012:30)。そのような芸術組織としては，芸術家への金銭的な支援や発表の場を提供する様々な芸術協会，また行政からの財政的支援や鑑賞者からの入場料によって運営される美術館，コンサートホールや図書館，そして経済的な利潤を追求しながらも芸術的価値に貢献しなければ失敗とみなされるギャラリーや出版社などである (Müller-Jentsch 2012:34-35)。このような組織は，（とくに経済的）目的を追求するために存在しているので，芸術システムのなかには直接含まれないが，芸術的価値を世間に広め，あるいは流通させるといったかたちで芸術に貢献することなしには維持されないという特殊な組織である。もちろんこれらの組織のなかでは，とくに経済的利潤と芸術的価値とのあいだでたびたび対立が生じるわけであり，場合によっては芸術の自律性を脅かすこともあるわけだが，芸術システムが継続的にコミュニケーションを行っていくためには，このような組織が必要不可欠であることもまた事実である。

　それゆえ，たとえ芸術の自律性が確立し，また様々な制作のためのスタイルが確立されても，このような組織なしには芸術が維持されることはない。その意味で芸術組織とは，芸術とその環境としての政治や経済との接触点である。どれだけ芸術が自律的な作品を再生産しようと望んでいても，大きな戦争や災害によって組織が壊滅すれば芸術のコミュニケーションも一時の中断を余儀なくされるであろうし，また政治や企業が芸術組織に強く介入すれば，芸術システムの自律性が失われることもありうるのである。芸術組織は，芸術のコミュニケーションを継続的に再生産するための極めて重要な手段であると同時に，それを破壊する可能性をもった危険な火薬庫でもあるというわけである。

　いずれにしても，スタイルと組織が確立されて，初めて個々の具体的

な芸術システムが展開・運用されるということである。

　おわりに

　明確なメッセージをもたない芸術をひとつのコミュニケーションとして捉えるためには，通常私たちがイメージしているコミュニケーションのモデルを根本的に変更する必要がある。そのモデルとは，ちょうどインターネットのように，誰かがある情報を送信し，それを受信するという「メッセージ」の存在を必要不可欠としたモデルである。しかし，メッセージが必ずしも存在しない芸術をコミュニケーションとして扱うためには，メッセージを必要不可欠としないコミュニケーション・モデルを採用しなければならないのである。
　ルーマンのコミュニケーション理論は，「理解」すなわち情報の受け手をコミュニケーションが成立する最も重要な契機とみなすことで，この問題を解決している。この理論によると，誰かが何も送信していなくても，あるいは芸術の場合であれば，何のメッセージも含まれていなくても（何かが伝えられているのだと）「理解」する受け手がいれば，コミュニケーションは成立する。
　しかし，相手が何を意図したかは受け手の解釈に委ねられるというのなら，コミュニケーションは「伝言ゲーム」のように無限の解釈可能性に開かれてしまい，誤解だらけのコミュニケーションになる。このときまさに登場するのが「社会システム」である。社会システムは，無限にありうる理解の方向性をある一定の方向へと誘導する。例えば，対面関係における挨拶がそうである。相手が挨拶してきたからといって，自分に対して本当はどのように思っているのかがわかるわけではない。しかし他方で，挨拶によって，いちいち多様な人々の意図を気にかけなくても，人々が他者に対して好意的な姿勢であることを「理解」するように

方向づけられるのである。

　このような対面関係のみならず，政治，経済，学問，宗教，教育，法律，そして芸術もまた，社会システムとして人々の理解を方向づける。しかし，他のシステムと芸術システムの最大の違いは，伝言ゲームをどれだけ許容するのかという点にある。他のシステムでは，極めて複雑なコミュニケーションを一定方向に「理解」させようとする。それに対して，芸術システムにおいては，伝言ゲームそれ自体が許容され，たったひとつの理解などありえないことが「理解」されるよう方向づけられている。本書の文脈でいえば，「制度化された際限ない伝言ゲーム」が，芸術なのである。

　しかしコミュニケーションのなかで芸術的な理解が成立するだけでなく，さらにそこから次の芸術的コミュニケーションが生じるメカニズムとして，システム理論は，「美」という社会メディアを想定している。いわば形もなく目に見えない素材としての「美」を意識しながら，制作者は作品を何らかの方法で具体化するのであり，鑑賞者も何らかの「美」を期待することで，作品を芸術として受け容れることができる。さらに美というメディアは，「美／醜」の選択肢としても条件づけられている。どのようなコミュニケーションにおいても「受容／拒絶」のいずれかの選択肢は，コミュニケーションを刺激し，次のコミュニケーションを生みだすきっかけを作りだすと同様に，「美／醜」という芸術特有の選択肢が，芸術コミュニケーションのさらなる展開を動機づけるのである。こうして，一見すると情報が欠落していて，何を描いているのかさえわからない作品が，しかしコミュニケーションとして成立し継続し続けるのである。

　しかしながら，この説明では，「いかにして」芸術がコミュニケーションとして成立し，それが再生産されるかについては説明しているが，社会のなかで「なぜ」芸術が必要とされるのかについては，まだ明確に答

えたことにはならないだろう。第 3 章では，この点について考察していきたい。

[第3章]

芸術の社会的機能
―― 多様性の観察と娯楽

　ニコラス・ルーマンの社会システム理論における最も中心的な命題は，「部分／全体」ではなく，「システム／環境」の差異のなかで社会を捉えることである。この命題は極めて抽象度が高いため，一見すると個々の社会的事実に具体的に応用することは難しいように見えることだろう。しかし，この命題こそ，芸術の「なぜ」を捉えるためには極めて重要である。

　このアプローチの特殊性は次の点にある。まず「部分／全体」アプローチを前提にするなら，私たちは芸術内部の様々な要素を収集し，それらの共通点を探り，一般化することで，芸術をひとつのシステムとして記述することになるだろう。例えば様々な芸術作品を収集・分析して，芸術の一般的な傾向を明らかにするという美術史などである。それに対して，「システム／環境」のアプローチは，芸術とその外部の環境との「違い（Differenz）」によって，芸術が専門的な社会システムとして成立すると見る。前者がもっぱらシステム内部を見ているのに対して，後者はもっぱらシステムの外部との違いを見る。芸術内部をいくら見てもわからないのなら，芸術外部との関係性に注目すればよいというのが，「システム／環境」の差異に注目するアプローチが示唆することなのである。

　そしてルーマンにとって，近代社会とは，身分や階級ではなく，その

社会的機能に基づいて，それぞれの社会システムが「分化（Differenzierung）」している社会であり，芸術もまたそのような分化したシステムのひとつである。このような社会では，それぞれのシステムは高度に専門化しており，政治は政治だけを管轄し，経済は経済だけを，法律は法律だけを独占的に扱っている。これと同様に芸術もまた，政治や経済など他の社会システムでは満たすことのできない特殊な需要に応えるのであり，その限りにおいて，芸術が社会システムとして成立するのである。

ここで重要なのは，なぜ芸術に参与するのかという問いに対して，政治や経済では達成できない特別な動機が芸術には存在しているという前提から答えられなければならないことだ。もちろん，現実には人々は「お金」や「名声」のために，あるいはブルデューのいう「卓越性」のために，芸術に参与しうるだろう。しかしお金も名声も卓越性も，他の社会システムのなかでも実現可能なのであり，再びなぜ芸術かの問いが生まれてくる。だからこそ，芸術に参与する動機への理解は，他の社会システムとの比較においてのみ可能になるのだ。

このような観点に立ったうえで，本章では，芸術の社会的機能は何かという問いのもとで，なぜ人々は芸術に参与するのか，他の部分システムでは遂行できない特別な需要に注目することで明らかにしていきたい。

1．多様性の観察

ルーマンは，芸術の機能を「（誰にとっても馴染みの）現実と，それの別バージョンとを対置させること」にあると見ており，芸術は「普通の現実観の偶発性」，「現実のオルタナティブバージョン」へと注意を向けさせ，このことによって，芸術は「世界の偶発性それ自体をつくる」

ことを可能にし，確固とした現実は「多文脈的で，別様にも読み取れる現実」になると述べている (Luhmann 1986b:144-145)。このようにルーマンは，現実を別様に読み換えさせること，別視点を絶えず追求すること，社会のなかに多様性をもたらすことを，芸術の社会的機能と見ている。より簡潔に述べれば，ルーマンの次のような表現が正しいだろう。「私は，私が見ていない何かを見る――私たちは，私たちが見ていない何かを見る――君は，私が見ていない何かを見る――私は君が見ていない何かを見る……。見ることができないもの（Nicht-Sehen-Können）を見ることが，近代芸術の最も重要な特徴である」(Luhmann 1991:315)。

しかし他方でルーマンは「芸術の社会的機能は，単に芸術作品が示す観察可能性を追体験すること以上のものである。芸術の機能は，可能であるにすぎない領域でも秩序の強制が働いているのだということを表すことにある」(Luhmann 1997:238) とも述べ，むしろ秩序という，偶発性とは正反対にあるものを作りだすことに芸術の社会的機能を見ている。これは一見すると明らかに矛盾しているように見えるが，ここでは仮に抽象絵画を例にして理解してみることができるであろう。

抽象絵画に描かれる現実は，実際に存在する現実ではないという意味で，虚構上の可能性にすぎない。しかし他方で，絵を全く描いたことのない素人が，思いつくまま描きなぐればよいという話ではない。それが作品として成立するためには，そこに何らかの規則性が，つまり「スタイル」が成立していなければならない。しかしそのようなスタイルが作品として成功したとしても，結局は単なる作品にすぎないという意味で，それはただの可能性の世界にすぎない。抽象絵画のなかで展開されるのは，いわば可能性のなかの秩序という可能性，というパラドックスなのである。このパラドックスは，例えばファンタジーや暴力・犯罪映画においても同様であろう。これらの作品内容は，単なる非現実あるいは非日常にすぎないにもかかわらず，映画を見ているあいだは，本当に

それが起こっているかのように，魔法の世界にも独自のリアリティ，あるいは何らかの規則性が存在しているかのように思い込まなければならない。しかし映画を見終わってしまえば，魔法の世界が実在しているのだと思うことはもはや無くなるのである。こうして，私たちは，虚構の世界にも秩序が存在しうることを（虚構として）知るのである。

しかし世界の偶発性の観察は芸術だけが遂行可能なものなのだろうか。例えば，政治運動を通じて，既存の現実とは別の理想的なあり方を訴えることができる。またフィールドワークすることで，見慣れた街のなかにも，もっと多様な現実があるのだということを証明することができる。この点についてルーマンは次のように述べている。「もし世界の観察が不可能であるのなら［…］，そうした世界の観察を行う代わりに，観察者を観察するということが生じる。そして私が思うに，こうしたことはすべての機能システムにおいて行われているのだが，しかし芸術作品だけがこのような可能性を自らの意志でもって現実化することができるのである」(Luhmann 1991:315)。

世界の偶発性の観察は，もちろん政治や学問によっても実行することができるのだが，また実現されていないオルタナティブな政策は，よりよい政治のための手段であって，芸術とは違って他人の見ていない現実を提示することそれ自体が目的なのではない。あるいはフィールドワークを通じて街のなかの多様な現実を示すことは，新しい学術的な認知を獲得するためであって，人々のステレオタイプを壊すことそれ自体が目的ではない。そのことに加えて，オルタナティブな政策提言は，ただのパフォーマンスであり実現するつもりはないなどと言うことはできないし，都市のフィールドワークを通じて得られたデータは偽装されてはならない。しかし芸術はすでに最初から，ルーマンの言葉でいえば「自らの意志でもって」，現実との整合性を検証することなく，オルタナティブな現実を見せることそれ自体を目的にすることができる。したがっ

第3章 芸術の社会的機能　63

て，こうした「観察できないものの観察可能性」(Luhmann 1997:241) こそがルーマンにとって，他の機能システムには完全には遂行することのできないという意味での芸術に固有の特殊な機能なのである。

　しかしここで奇妙な逆転が生じている。一方で芸術は様々な社会システムのうちのひとつであるにすぎないのだが，他方でその機能それ自体は「世界」そのものになっている。観察できないものあるいは偶発性を観察するというこの機能を，ルーマンはいつの間にか「世界を世界のなかで出現させること」(Luhmann 1997:241) とも言い換えている。ルーマンにとって世界とは，芸術作品そのものなのである。なぜなら，彼にとって世界とは，いかなる完全な客観的な認識も通用しない総体であるのだが，芸術はそもそも最初からこうした認識を放棄しているからだ。明らかにここでルーマンは芸術に特権的な地位を与えている。いまや彼にとって，人文科学そのものも芸術の影響によって成立したことになる。この点について彼は次のように述べている。「『パミラ』が思い出されるが，小説においては，主人公が観察することのできない何かを読者が観察することが可能になる。[…] マルクスは，このような観察のテクニックを社会学的な分析に転用した。マルクスは資本主義がもつ眩惑連関を見抜き，政治経済を批判する根拠にしたのである。このような観察方法の広がりと衝撃を認識するには，さらにフロイトにも言及しなければならないだろう。[…] 社会階級，セラピスト，自由に浮遊する知識人，彼らがいまだに追求するのは，他人が見ることのできないものを自分自身や他人に説明し，それと同時に誰もが合意することのできるような世界知を体得する観察ポジションなのである」(Luhmann 1990:230)。

　ここでルーマンは，フロイトやマルクスの研究，フランクフルト学派など今日の人文科学を決定づけている研究が，小説に特有な観察方法を科学に応用したものであることを指摘している。しかし彼はさらにこの方法をラディカルに用い，これらの従来の研究は，他人の眩惑や偏見を

取り除けばやがて客観的な世界の知に至るという誤ったポジションをとっているのに対して、世界をそもそも知ることなど不可能だということを前提にする自らの研究にこそ、その理論的な優位性があるとまで主張している。ここで重要なのは、ルーマンが芸術に多大な関心を払っており、明らかにこの関心が彼の構成主義的な理論構築に貢献しているという点なのである。

このように芸術の社会的機能についての議論に「世界」の概念を導入することは、議論を必要以上に複雑なものにしている。彼の基本的な前提は次のとおりである。芸術は多様性を観察する。しかし「世界」はそもそも多様である。だから芸術は「世界」そのものである。社会的機能の概念によって、芸術にしか遂行できない固有のコミュニケーションを明らかにできれば、芸術を社会学的に把握するには充分であるにもかかわらず、「世界」が多様かどうかを問題にすることで、芸術の固有性ではなく、普遍的な認識論へと議論の方向を変えてしまっているのである。

この問題を回避するためには、芸術の機能は何かだけではなく、芸術がいつどのような歴史的条件で成立するのかについての考察から整理する必要があるだろう。ルーマン自身も、芸術が機能分化のプロセスのなかで自律性を獲得する歴史的な経緯を「分出（Ausdifferenzierung）」の概念とともに考察している。以下ではその議論を参照したい。

2．芸術と機能分化

ルーマンによれば、その芸術が自律性を獲得する最初のきっかけは、14～15世紀イタリアのルネサンス期である。この時代、イタリアの貴族たちは、自らの政治的威信を高めるために芸術を利用した。このとき、足かせになったのは身分の問題であった。貴族はお金のために生きてい

るのではないという身分の高貴さを示すために芸術を利用しようとしたのだが，芸術家自身の社会的身分は高貴である必要があるのかどうかをめぐって論争が起こった。そうしたなかで社会的身分を超えた芸術の基準が必要となった。17世紀になると，センスの良さを表す「goût（グー）」や「gusto（グスト）」，あるいは「je ne sais quoi（言葉で言い表せない質）」のように，その内容が全く不明確な概念が生まれ，それが芸術の基準となっていった。このような基準によって，芸術は身分から分化する。

さらに16世紀には，教会からの分化も生じた。当時の芸術において行われた表現のうち，翼のない天使，角のない悪魔，ひげのないキリスト，露出度の高い身体などが，教会から問題視されたのだが，結局のところ，芸術には世俗芸術と聖なる芸術とがあるということになり，この2つのジャンルの分化によって，教会からの影響は著しく減退した(Luhmann 1998b:320-324)。つまり芸術は宗教からも分化していく。

ルーマンによれば，17世紀末のイングランドで芸術マーケットが成立したことも芸術の自律化に大きく貢献した。イングランドは，芸術作品を海外から輸入するために海外のエージェントを用い，芸術家と注文主との直接的な関係をもたずに作品を購入した。さらにオークションなどの芸術市場は，匿名の評価によって落札されるために，ますます芸術家に対して直接作品内容を指示する人間はいなくなった。芸術の市場化は，パトロンシステムの崩壊を引き起こした。18世紀には芸術愛好家や芸術批評家も芸術家に拒否されるに至る。彼らは芸術作品を自分でつくることができないにもかかわらず，芸術市場において芸術家と鑑賞者との関係が不透明なのを利用して，そこから利益を得るパラサイトとみなされるようになった (Luhmann 1998b:324-326)。アドルノが芸術の市場化によって芸術の自律性が損なわれると見ていたのに対して，ルーマンはむしろ芸術の市場化が芸術の自律化を可能にすると考えていた。芸術市場が，具体的な客の顔を限りなく不透明にしてしまうために，芸術家は

作品を外部の人間ではなく自分自身の基準によってのみ生産せざるを得なくなるからである。

　芸術の自律性の最終的な確定は，19世紀のロマン主義運動である。ロマン主義は，小説にとって最も重要な特性が何かを絶えず探求し，「終わりのない，終わらせられないアイデンティティの追求」(unabgeschlossene und unabschließbare Identitätssuche) という反省（Reflexion）に固執し続けた (Luhmann 1998b:329)。何が芸術なのか，どの作品が評価されるのか，答えはわからないまま永遠に試行錯誤し続ける。このことによって，芸術の外部にある貴族・パトロン・愛好家・批評家からの影響力はさらに削ぎ落とされ，芸術はますます自律化していく。

　このようにルーマンが記述した，芸術が成立する歴史的経緯を見ていくと，かなりの程度，歴史的な偶然性に負っているということがわかる。とくにルーマンの指摘によれば，15世紀のイタリアで芸術が自律性獲得に向かったのは，小さな宮廷と共和国が競合しているという「典型的ではない特殊な条件（untypische Sonderbedingungen）」(Luhmann 1998a:711) のもとであった。また17世紀のイングランドは，たまたま輸入を強く求めていたという「例外的な条件（exzeptionelle Bedingungen）」(Luhmann 1998a:712) のもとにあって，芸術の自律性が強化されることになったのである。つまりそのつど芸術は他のシステムと偶然的に衝突を起こし，そこから生じた「違い（Differenz）」に基づいて，自らの自律性を獲得するという分化（Differenzierung）を可能にしてきたのである。

　しかしこのような構図には，大きな問題がある。なぜなら，「特殊」で「例外」的なヨーロッパの歴史状況が，自律的な芸術を生みだしたという説明は，「なぜ」人々は芸術に参与するのかという本書の問いに対して，極めて不明瞭だからである。今日ではヨーロッパ以外の多くの地域で，自律的な芸術に参与している人々がいることは疑いようのない事実であり，彼らのすべてがこうしたヨーロッパの特殊な文脈とは無関係

に芸術を営んでいるはずである。

　これに対しては，グローバル化によってヨーロッパ以外の地域にも芸術が普及したという説明もある。ゲーベルは，ルーマン理論における芸術システムが，ヨーロッパという地域性を超えて世界中に成立している状況をグローバル化のなかで説明している。それによると，芸術の普及に大きく貢献したのは芸術それ自体の活躍によるものではなく，芸術史や文学研究，あるいは哲学における美学などの学術システムであった (Göbel 2013:26)。

　彼の指摘は，少なくとも日本社会には充分に適用可能であろう。佐藤道信によると，日本における「芸術」の概念は，近代以前に中国から輸入した概念であるが，それは学問や技術，武術どころか，占星術や農業，漁業さえ含まれていた。そのために音楽，絵画，彫刻，詩，工芸などを指し示す，西洋の翻訳語であり官製用語として「美術」という言葉が創出されたのである。この「美術」という概念は，今日の私たちが考える芸術に最も近いが，しかしこれは「日本ではまず殖産興業という経済政策の中で作られた」ものである (佐藤 1996:34-38)。つまり近代以前には今日の私たちが考える芸術は存在しておらず，官僚が芸術（Kunst）にあたる概念として「美術」という言葉を創出したのであるが，これもまた経済政策的な意図のもとで作られた言葉であり，今日の自律的な「芸術」を指し示しているわけではなかった。しかし「美術」の言葉を西洋でいう芸術へとより近づけようとしたのは，アメリカの哲学者であり芸術史家で「お雇い外国人」として明治11（1878）年に来日したアーネスト・フェノロサであろう。美術が物質的・技術的な意味あいで捉えられていたのに対して，彼は art を「妙想」的なもの，つまり精神的なものとして紹介したのである (神林 2006:22-26)。ここに日本社会における近代的な芸術の起源があると見てよいであろう。

　グローバル化のなかでの学術による芸術の普及に加えて，ゲーベル

は，芸術内部の傾向から非芸術的な装飾品が芸術とみなされるようになったという芸術システム内部の傾向も挙げている。18世紀には主に宗教的な工芸品（Artefakte）が芸術とみなされるようになり，19世紀の後半には非ヨーロッパ文化の工芸品などが芸術作品とみなされるようになった。とりわけ美術館が展覧会を通じてそのような非芸術の取り込みへと貢献したのである (Göbel 2013:28)。おりしもフェノロサがそれまで全く「芸術」とみなされてこなかった日本の伝統工芸や古美術を包摂していったことは，18世紀から続く芸術内部の運動とも関係していると見るべきだろう。この傾向は19世紀から20世紀のあいだにも変わることなく，さらにラディカルなものになっていく。そのなかでもとくにアヴァンギャルドの試みは，芸術の範囲拡大に急激な後押しをした (Göbel 2013:31–32)。たんに伝統的・宗教的な工芸品のみならず，バウハウスでいえば家具，ダダイズムでいえば広告，デュシャンでいえば便器，ウォーホルでいえば缶詰といった大量生産される工業製品もまた芸術の対象となったのである。このようなラディカル芸術主義は，もちろんヨーロッパで生まれたものだが，彼らの綱領（プログラム）は，ナチス・ドイツの体制下から逃げてきた芸術家たちを迎え入れたアメリカに引き継がれていく (Hieber 2013:70–71)。このアヴァンギャルドの試みが，社会，地域，民族，文化，階層を超えて，このように表現してよければ，芸術をより「身近」なものにしたのである。もちろんポップカルチャーもまた，このアヴァンギャルドの流れのなかで芸術に含まれるようになったことは改めて言うまでもない。

　しかし，学術的な影響力と芸術システム内部における対象範囲の拡大によって，非ヨーロッパ社会に芸術が普及したというこの見解にも問題がある。なぜなら，そのような芸術をそもそも人々が実際に受容したいと思う「動機」がここでは焦点に入れられていないからだ。芸術研究の伝播と芸術内部での対象範囲拡大さえあれば，非ヨーロッパ地域にも自

動的に広まっていくことになる。しかし東ドイツのように，美学やアヴァンギャルドの試みが全力で妨害される社会もあり，このような自動性を無条件に仮定することなどできないはずである。むしろ，ある一定の社会条件に立たされれば，必然的に芸術への興味が促されるようなそうした要因が考慮されなければならないだろう。

さらに芸術の機能を複雑性や多様性の提示に求めたルーマンに対しても，ルーマンの芸術社会学を批判的に継承したシステム理論の文学研究において，異論が出されている。その最大の問題は，芸術の社会的機能が，世界の偶発性を観察するということにあるとしても，しかしそのこと自体が，いったい何のために必要なのかという問いをもう一度呼び覚ます点にあるであろう。プルンペは，芸術・文学がなくても社会は何の問題もなく存続することができることを指摘している (Plumpe 2011:24)。彼によれば，人々は芸術を通じて世界の多様性を認識しなくても問題なく生きていけるのに対して，政治や経済，法律のない社会など考えられないのであり，そこからもう一度芸術の機能が何であるのかについて考える必要性を主張している。ここで彼が扱っているのは，芸術が社会に必要か否かではなく，常に芸術の社会的機能が何であるのかについてさらに深く追求する必要があるということだ。

結局のところ，ルーマンの考える芸術の社会的機能が曖昧であること，さらに芸術が社会的に生じる歴史的経緯も明確でないことは決して偶然ではないであろう。それゆえ，上記のシステム理論研究者にしたがって，もう一度芸術の社会的機能について考察する必要がある。

3．娯楽と抑圧

ルーマンが提示した複雑性やオルタナティブを観察するという芸術の社会的機能に対して，ニールス・ヴェルバーは，芸術の社会的機能はむ

しろ「娯楽（Unterhaltung）」にあるのではないか，という提案をしている。「もし《自由な時間》が増大しているということ [...] を解決すべき社会的問題と考え，芸術の娯楽機能がこの問題を引き受けているという命題が正しいのなら，もはや『芸術がなくても良い生活を送れる』とは考えられなくなる」(Werber 1992:64)。このことをヴェルバーは，「おもしろさ（interessant）」の概念史のなかで明らかにしている。「おもしろいテクストというのは，利用価値がとくにないのに，私たちの注意をもっとも強く惹きつけ，読ませるテクストである」。そして，もしテクストを「断固たる意図，例えば教訓的あるいは学術的，情報収集的な意図として鑑賞」するのなら，それは労働になってしまう (Werber 1992:72)。つまり，芸術がパラドキシカルでオルタナティブな現実を提示しようとすることそれ自体が，余暇という労働以外の何かをしなければならないというパラドキシカルでオルタナティブな時間の成立に伴って需要されるようになったというわけである。

　この議論の最大の利点は，ヴェルバーの議論が，第2章で説明した美／醜のコードの問題を解決している点にある。すなわち，このコードを設定することの問題は，すでに美／醜の区別そのものが，芸術ではなく美学（哲学）のなかで生じてきたものであるだけでなく，すでに「醜」のコードは，グロテスクなもの，不快なものが価値の作品として提示されることもあるように，必ずしも芸術的にネガティブなものではなくなっているという問題である。それに対してヴェルバーの議論は，芸術のコードが「おもしろい（interessant）／つまらない（langweilig）」にあると見ている (Werber 1992:65)。ドイツ語の「つまらない」は，長い（lang）時間（Weile）を意味し，さらに kurzweilig（短い＋時間）は，interessant と同様に「おもしろい」を意味する。つまり語源的に考えるのなら，見ているのが苦痛な作品は「つまらない」のであり，時間もたつほど没入してしまう作品は「おもしろい」というわけである。

システム理論とは全く文脈が異なるが，歴史学者のジョナサン・クレーリーの研究は，この労働と知覚という対比関係が生まれる歴史的な段階を説明している。クレーリーは，19世紀後半の生理学および心理学の知覚に関する議論と，19世紀後半の絵画を比較参照しながら，一方で「世界についての実践的で一貫した感覚を維持する」モデルとしての「注意力」が主体性として要求されつつも，他方でその対極にある「断片，ショック，気散じ」に特徴づけられる「散漫」な知覚が芸術家たちによって実践されていくプロセスを記述している (Crary 1999=2005:10-13)。私たちは長いあいだ集中して何かを観察していると，徐々に疲労が蓄積して，しだいに観察対象そのものがぼやけ，拡散していく。クレーリーが出発点にしているのは，注意しないところに散漫な知覚があるのではなく，注意が要求されればされるほど，知覚が散漫になってゆくということである。この議論から言えることは，注意力の要求される社会という歴史状況が，いかにそれとは対極にある娯楽や芸術を必要としているかということである。

　ヴェルバーの議論がもつさらなる利点は，検証可能性の高さである。ドミニク・ベルレマンは，彼の研究をさらに発展させ，「おもしろさ」が1740年にフランス語からドイツ語圏へ導入された言葉であり，その言葉の意味は期待・予期しないことが起きること，あるいはオルタナティブなものに対する期待という意味であったこと (Berlemann 2009:115) を指摘している。つまり，多様性や偶発性，オルタナティブを鑑賞することの社会的な期待を指す言葉であることを明らかにしている。さらに彼は，「おもしろさ」を求める社会的背景を説明している。彼によれば，ドイツ人がもつ一生のうちの余暇時間は，1900年ではおよそ11万時間だったのに対し，2000年にはおよそ67万時間まで増大しており，近代以降，絶えず余暇時間が一貫して増大してきた (Berlemann 2009:124)。彼はこのデータに基づいて，余暇の増大が解決すべき社会的な問題となり，

それを解決するために芸術が娯楽として専門的に組織されたというヴェルバーの議論を裏付けている。もしこの議論を前提にするのなら，ヨーロッパにおけるローカルな文脈から生じた芸術が，グローバル化によって世界に広まるというよりも，むしろ自由時間の増大という一定条件を満たせばどの社会でも芸術が欲求されるという観点から説明することができるようになる。

　しかし，芸術と娯楽とを同一視してもよいのだろうか。芸術システムの機能を娯楽とみなすことに対しては，異論もある。ステファン・ホーファーは，この定義ではハリウッドやスポーツでさえ芸術に含まれてしまうとして批判し，芸術の機能をあくまでも「多文脈的（polykontextual）」なものをもたらすものとして捉えるべきであると主張している(Hofer 2007:213)。確かに娯楽は，「何のために」芸術が存在しているのかということを明らかにするための重要な足がかりを与えているが，しかし娯楽＝芸術と同定することによって，あまりにも多くのものが芸術に含まれてしまうという問題が生じることもまた確かである。しかしアヴァンギャルドが確立して以降，明らかに芸術の範囲は拡大しているのであり，定義する範囲の広さの問題は，理論的な欠陥ではなく，社会的事実であると見るべきだろう。いまや観光をめぐるグローバルな経済競争のなかで，「都市」もまた美的である必要性が高まっており，「芸術作品としての都市」としてロンドン，パリ，ウィーンの都市景観政策を比較する研究も出ている (Glauser 2013)。この議論に拠るなら，観光もまた芸術にほかならない。なぜなら，人々はそこで自分たちの住んでいる街とは違った，何か別の世界を見たいからである。それゆえその街がそこで生活する人々にとっては日常であることが明らかでも，私たちは観光地で現地の人々も同様に食べているグローバルなファーストフードではなく，現地の名産品や郷土料理などを非日常的なものとして食べたいのである。

さらにルーマン自身も，娯楽と芸術をほぼ同一視している。晩年の著書で「娯楽」について論じ，それを平凡な芸術（Trivialkunst）として論じている。ここで「平凡」と彼が言っているのは，娯楽的な作品の価値は低いということを言っているのではなく，マスメディアとの相互依存関係にある芸術を指している。つまりマンガや映画，ドラマ，ポップ音楽もまた芸術にほかならないのだが，それが絵画やクラシック音楽など従来のいわゆる「高尚」な芸術と異なるのは，マスメディアの流通に大きく依存して成立するという点にある。しかし，このような区別をもってしても，最終的には現代社会ではすでに芸術／娯楽の区別が一義的には決定できなくなっていることも指摘している (Luhmann 1996a:123-124)。

　このように芸術の社会的機能を，増大する自由時間の解消という動機のもとで説明するヴェルバーの議論は，個々の人々は具体的になぜ「芸術」に参与するのかについてを具体的な要因から明らかにしていると言えるだろう。

　しかし，この説明では，これまで芸術社会学のなかで前提にされてきた芸術と社会との関係が抜け落ちてしまっているように思われる。すなわち，社会的マイノリティやアウトサイダー，何らかの社会的抑圧を受けている人間と芸術との関係である。

　マックス・ヴェーバーは，芸術についてほとんど言及はしていないものの，例えば宗教との比較のなかで芸術の社会的機能を指摘している。「芸術が引き受ける機能とは，内的世界による救済である。それは日常からの救済であり，とくに，ますます高まる理論的・実践的な合理主義の圧力からの救済でもある」(Weber 1915-19:500) とヴェーバーが述べているように，彼が想定しているのは，もはや宗教は信じることができないが，それにもかかわらず合理化圧力からの救済を求める人々のための代理宗教としての芸術である。ヴェーバーの議論と類似して，ゲーレンも社会の外部へと逃げていく現実逃避の場所として芸術をみなす。芸術

とは「Entlastung」、つまり「負担免除」や「解放」であり、「あまねく存在する社会の圧力をのがれて、自由のオアシスをつくろうとする努力」(Gehlen 1986=2004:13) のなかで生じる。彼によれば、「このような社会的重圧の程度におうじて、言葉に表現できないもの、抑圧されたもの、表現をはばまれるものの量が増加し、その葛藤をしめす〔絵画の〕魅力が増加する」(Gehlen 1986=2004:244)。つまり、社会的抑圧の増大する量に応じて、芸術への魅力が増加するという事例である。アドルノも、社会的な抑圧への抵抗が芸術の本質であることを指摘している。「芸術の同一性（Identität）とは、現実において同一化するよう強制されることで抑圧されている、非同一的なものに味方することにほかならない」(Adorno 1970:3737)。アドルノは、抑圧を跳ね返す社会批判として芸術を記述しており、抑圧からの逃げ場として芸術を説明するヴェーバーやゲーレンとは異なっているものの、その「抑圧」という前提そのものは共通しているのである。

　この前提は、これまで述べてきた「娯楽」とは完全には一致していない。確かに「労働」が人々を抑圧し、そこから逃れるために「余暇」に励むのだという議論として、「抑圧」の議論を娯楽に統合することもできるだろう。しかし、ヴェーバーやゲーレン、アドルノが言っている抑圧とはたんに労働のみに限定されるものではないのは明らかである。何が抑圧に該当するのかは、3人とも全く言及していないものの、政治的抑圧、失業や厳しい就労状況、差別や恋愛への失敗等、様々な抑圧全般を指していると考えてもよいであろう。芸術、とくに「カウンターカルチャー」の果たす役割が、抑圧への抵抗にではなく、娯楽の提供にあることをヒースとポッターが極めて批判的に論じたように (Heath and Potter 2006=2014)、抑圧と娯楽とのどちらに芸術の社会的機能が存しているのかという点についてはまだ充分に解決されているとは言いがたい。

　もちろん社会的機能の観点からいえば、芸術が2つの異なる機能を同

時にもつということは考えられない。つまり「娯楽」の提供だけでなく「抑圧」解消の機能ももつなどと言うことはできないのである。

　しかし，次のような関係性を想定することは可能であろう。すなわち芸術は自由時間の増大を解決するための「娯楽」として機能する。しかし，何らかの社会的抑圧を受けている人間のほうがそうでない人に比べて，自由時間の影響を大きく受ける。つまり，抑圧を受けている人のほうが，自由時間が増えた途端に，芸術をより強く欲求するようになるという，「余暇×抑圧」が交互に作用しあう条件が存在するのではないだろうか。

　本論では，上記で提示した仮説を検証するために，2015年2月18日〜24日のあいだに専修大学ソーシャル・ウェルビーイング研究センターが実施した「価値観とライフスタイルに関する国際比較調査」[*1]の日本版を分析に用いる。本書の主旨からすれば，東ドイツの事例が統計的にも検証されるべきだが，残念ながらこの種の調査は，当時の政治体制ゆえに存在していないので，ここではその手がかりとして日本の調査を用いる。本調査は，日経リサーチに委託した登録モニターを対象とするウェブ調査で，回収サンプルサイズは11,804ケースである。

　この調査のデータのうちで，従属変数（結果）として「趣味・社会貢献などの生きがい」についての満足度を0〜10の11段階で質問したものを趣味・娯楽・芸術の欲求度の代理指標として扱う。ただし，この変数を使う注意点としては，これが「満足度」を示す指標であり，決して欲求の高さを示すものではないということが挙げられる。本来ならば，人生における趣味・娯楽・芸術の重要性などのデータがあれば望ましいが，残念ながらこのような質問はなされなかった。またこの変数には社会貢献の満足度も含まれているため，1万近いサンプルのなかで，実際に地域活動にも町内会活動にも定期的に参加している人の回答を除外した[*2]。

図2：娯楽満足度の度数分布

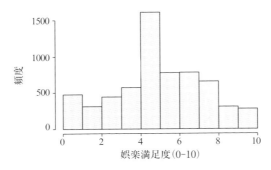

なぜなら，これらの活動のどれにも定期的に参加していない人は，「社会貢献などの生きがい」には満足していないであろうことが想定されうるからである。もちろん，地域活動や町内活動に参加していないからといって，募金活動やNGO・NPOなどの活動に参加していないとは言い切れないが，そのようなケースは少数であると判断した。この選別によってサンプルサイズは，6,207ケースとなった。このサンプルを対象にした娯楽満足度の平均は5.37，中央値は5.00となり，図2のような分布となった。

　それに対して，独立変数（原因）としては，「余暇」の代理指標として，1週間あたりの労働時間を用いる。この変数は自由時間ではなく，労働時間を変数として用いているので，この時間には家事や睡眠時間なども含まれている点には注意が必要である。さらに「抑圧」を示す代理指標としては，1から5まで5段階で質問した「一般的信頼度」を用いる。この変数は，大多数の人々を一般的に信頼できるかを質問したものであり，厳密には「抑圧」を尋ねたものではない。しかし，社会的信頼度の低い人はそうでない人に比べて何らかの社会的抑圧を受けている度合いが高いのではないかということを想定している。

表1：娯楽満足度を従属変数とした重回帰分析

	モデル1				モデル2			
	B	S.E.	β		B	S.E.	β	
(切片)	1.269	.150	1.269	***	1.368	.182	.004	***
主観的幸福度	.606	.012	.606	***	.605	.012	.593	***
労働時間（1時間あたり）	-.006	.001	-.006	***	-.010	.004	-.064	*
収入（1万円あたり）	.028	.010	.028	**	.033	.015	.036	*
大卒ダミー	.012	.052	.012		.013	.052	.003	
結婚ダミー	-.343	.066	-.343	***	-.343	.067	-.071	***
子供ダミー	-.307	.067	-.307	***	-.306	.067	-.063	***
女性ダミー	-.148	.055	-.148	**	-.144	.056	-.030	**
年齢（10歳あたり）	.166	.021	.166	***	.168	.021	.095	***
一般的信頼度	.039	.037	.039		-.071	.056	.011	
友人に対する信頼度	.180	.033	.180	***	.232	.049	.065	***
労働時間×収入					.000	.000	-.006	
労働時間×一般的信頼度					.004	.001	.031	**
労働時間×友人信頼度					-.002	.001	-.016	
R2乗		.369				.370		
調整済R2乗		.368				.368		
有意確率		.000				.000		
N		6,207				6,207		

※ VIFはすべて2未満である

　このデータを基にして，どのような条件が娯楽満足度に作用するのかについて，以下では重回帰分析を用いて分析する。その結果は表1のとおりである。

　自由時間（余暇）：すでに述べたように，労働時間の増大は娯楽満足度の減少に影響しており，娯楽満足度を低下させていることがわかる。労働時間が長い人ほど娯楽満足度は低いという結果になったと言える。この結果からすると，ヴェルバーの議論から想定されるように，自由時間の増大は娯楽満足度を上げるということが言えそうである。

　一般的信頼度：それに対して，一般的信頼度が有意な差で娯楽満足度に影響を与える傾向は見られなかった。もし抑圧の解消が芸術の社会的

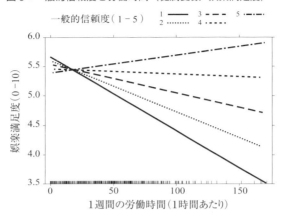

図3：一般的信頼度と労働時間（従属変数：娯楽満足度）

機能であると想定するのなら，この結果からはそのような仮説を支持することはできないということがわかる。

　労働時間と抑圧の交互作用：しかし図3が示すとおり，一般的信頼度と労働時間のあいだには，交互作用があることがわかった。すでに述べたように，広く労働時間は娯楽満足度を下げる傾向にある。しかし一般的信頼度が高い人と低い人とのあいだでは，その効果の表れ方に違いが見られた。高い信頼度の人は，労働時間が長くてもそれほど娯楽満足度が下がらない傾向にあるのに対して，信頼度の低い人は労働時間の増大によって一気に満足度が下がるのである。ただし一般的信頼度の分布は，1 = 601人，2 = 1,697人，3 = 3,551人，4 = 324人，5 = 34人であり，とくに5と答えた人は極めて少なく，標準誤差が極めて大きいので，5の直線については考慮から外したほうがよいであろう。

　この関係をさらに考察する手がかりとしては，娯楽満足度と消費時間の量との関係を再度考察する必要があるかもしれない。先に述べたように，「満足度」そのものと，欲求の上下が無条件に一致するかどうかは

この調査では明らかでない。例えば，欲求の高い人ほど満足度が低い場合や，あるいはその逆に満足度は高いが欲求自体が低い人もありうるだろう。少ない時間消費でも満足可能な趣味とは，例えばたまの休日に電車の広告で見かけた近場の美術展に行ってみるといったケースが考えられる。それに対して時間を多く必要とする趣味とは，同じ絵画鑑賞でも全国の美術館，多くの美術ジャンルに関心をもち，絵画の世界をかなり詳しく体系的に理解しているような場合である。ほかにもオタクと呼ばれている人たちはそこに含まれるだろう。つまり専門化された趣味をもつ人間は，多くの時間を趣味に割かなければ満足することができないのである。

いずれにしても，このような交互作用関係が日本以外のどの社会でも見られるのであれば，芸術の社会的機能を娯楽とする説明と，他の社会学者が前提にしてきた社会的抑圧の解消としての芸術という2つの議論の統合が可能になる。繰り返しになるが，芸術の社会的機能は，抑圧の解消ではない。少なくともこの分析結果が明らかにしているように，一般的信頼度の低さと娯楽満足度には直接的な関わりは見られないのである。しかしながら，この変数を完全に除外することもできない。一般的信頼度が低い人の娯楽満足度は，自由時間の影響をより強く受ける傾向にあるからである。

娯楽満足度の高さを，労働時間の量と一般的信頼度の交互作用のなかで説明するこの分析によって，アドルノが指摘したような社会批判やゲーレンのいう逃避場所としてのオアシスが，なぜ芸術作品のなかに見出されるのかが明らかになるだろう。そのような社会的に抑圧を受けている人間のほうが，自由時間を娯楽に使う傾向が強いからなのである。

おわりに

　ルーマンにとって，芸術に固有の社会的機能とは，偶発性の観察である。芸術においてのみ，虚構の世界，非日常，固定観念を破る別視点，オルタナティブが成立するのである。もちろん政治や学問など他の社会システムもオルタナティブを見せることができるが，それは実現可能な現実であることが人々に前提にされている場合に限られる。芸術においてのみ，オルタナティブはそのまま虚構として観察されうるのである。このことによって，「現実」に縛られない無限の可能性や多様性が人々に提供されるのである。

　しかし，ルーマンによるこの説明には，2つの問題がある。第一に，そもそも何のために，無限の多様性を人々は求めるのだろうかという問題である。ルーマンにとって芸術の機能は，再び芸術の機能についての問いを呼び起こす。第二の問題は，芸術システムが成立する社会的・歴史的状況についての彼の説明である。それによると，ヨーロッパにおける歴史的偶然や当該地域の特殊性という条件によって，たまたま芸術が分化したのである。偶然性による説明では，「なぜ」の問いが浮かび上がってくるのである。

　ルーマン理論を継承したシステム理論の文学研究は，この問題に対して適切な回答を導き出している。それによると，芸術の社会的機能は，娯楽の提供にある。近代化に伴う労働生産性の上昇が，労働時間の短縮と自由時間の増大を生み，これまで労働と余暇とが未分化になっていた人々の生活時間が，はっきりと二分されるようになってくる。そこで余暇時間に人々は労働でない何かをしなければならなくなり，意味のない，あるいは利害には関わらない活動，日常とは異なる活動に対する需要が大幅に上昇したのである。この需要に応えるために芸術が，現実や

労働とは違う何か，虚構や非日常，新しさを専門的に提供するようになったのだ。この説明は，様々な社会の歴史状況との関連を明確にしていると同時に，なぜ虚構や多様性を人々が欲求するのか，その需要を明確に明らかにしている。

しかし本書では，この説明にさらなる修正を加え，この議論を社会的抑圧との関係で捉えるよう試みた。本書の研究対象である東ドイツ社会においては，娯楽は西側社会のイデオロギーとして排斥されていたことを考えると，余暇の増大という条件だけでは説明が不充分だからである。社会的な抑圧からの離脱が芸術への参与を動機づけるとするヴェーバーやアドルノ，ゲーレンの議論が，東ドイツのような社会にあっては考慮に入れられなければならないだろう。

余暇と抑圧と娯楽との関係をどのようなモデルで捉えるべきかについては，本章では日本の量的調査から検証・考察した。東ドイツにはこの種の統計は実施されていないので，状況の異なる日本のデータがどこまで妥当であるかは不確かであるものの，本章ではこれらのデータの分析から次のような概観を得た。

（1）自由時間が増加するほど，娯楽満足度が高い傾向にあった。（2）それに対して，抑圧の強さが娯楽満足度を高めるという効果は確認できなかった。（3）しかし，抑圧を受けている人ほど，自由時間が増加するにつれ娯楽満足度が高まる傾向にあった。

このモデルは，自由時間が増大するなかで娯楽を提供するために芸術があるとする冗の議論を裏付けると同時に，抑圧の強さは，この傾向をますます強めることを明らかにしている。

このことによって，一見すると政府の強い規制下にあって娯楽を楽しむことができない状況にもかかわらず，芸術システムが東ドイツにおいても成立した原因が明らかになるであろう。この観点から第2部では，東ドイツ社会における余暇と抑圧との関係について記述していくことに

したい。

*1　本研究は平成26〜30年度文部科学省私立大学戦略的研究基盤形成支援事業S1491003の助成を受けたものです。「ライフスタイルと価値観に関する国際比較調査」は，アジアにおけるソーシャル・ウェルビーイング研究コンソーシアムの協力を得て，専修大学社会知性開発研究センター／ソーシャル・ウェルビーイング研究センター（研究代表・原田博夫経済学部教授）が設計・実施したものです。
*2　具体的には地域活動（①スポーツ・趣味・娯楽活動，②まちづくり活動，③高齢者支援活動，④子育て支援活動，⑤防犯活動，⑥防災活動），⑦町内会・自治会等活動の参加頻度についての質問で，すべての活動に対して「今まで一度も参加していない」,「ここ1年間は参加していない」,「そのような活動が身近にない」のいずれかのみを回答したケースに限定した。

第 2 部
アンダーグラウンド文学の自律化

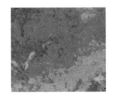

1970年代後半，社会主義体制下で言論の自由が実質的に保証されていなかった東ドイツで，若手のアマチュア作家たちは，当局の許可を受けない自費出版雑誌（サミズダート）で文学作品，すなわちアンダーグラウンド文学を創作するようになった。これらの雑誌は違法ではなかったが当局の許可を受けない非公式な文学であったゆえに，検閲を必要とした公的な言論空間に比べて，比較的自由な活動が可能であった。これら自費出版活動は，従来のように政府や党，国家保安省（Ministerium für Staatssicherheit；以下，シュタージ）の影響にさらされていた作家協会や出版社を媒介としなかったためである。しかしその自由の高さとは反比例して，政府や体制に対する批判を企てることもなければ，環境運動やジェンダー運動などの新住民運動とも直接的な関わりをもつことはなかった。もっぱら文学上のテクニックや言葉遊びに注力し，文学内部の基準によってのみ制作・鑑賞が行われるという意味で，これらの文学は極めて高度に自律化していた。

　この度合いは，東ドイツと同じような社会状況にあった東欧諸国の文学とは明らかに異なっている。非公式なサミズダートが東ドイツ以上に旺盛であった他の東欧諸国では，サミズダート文学は体制批判の牙城であり，冷戦終結後に民主化過程が進展したあとになってからは，こうした文学は民主主義の立役者として国民的アイデンティティのひとつにな

った。しかしそれに対して，東ドイツのアンダーグラウンド雑誌は，冷戦崩壊後にはほとんどすべて消滅した (Michael 2008:340-343)。その特徴は，過去の東ドイツ文学と比較しても，あるいは当時の他の東欧諸国と比較しても，文学・芸術の外部にある「現実」に対してほとんど触れることのない「言葉遊び」へと傾倒していたという点にあるだろう。

　この点は他の共産主義社会との比較のみならず，東ドイツ国内の過去の文学と比較しても，顕著であっただろう。文学史家のエメリヒによれば，1960年代にはすでに東ドイツ文学は，自律性，すなわち文学としての自己意識と独立性を獲得していたが，クリスタ・ヴォルフ（1929-2011）やハイナー・ミュラー（1929-1995）など，東ドイツ文学を代表する有名な作家たちの多くは，「『反ファシズム的精神』と理想的な社会主義的信念から生じた，政治に積極的に参加する実効的な文学を探求していた」(Emmerich 2009:175)。この世代の文学は，一方では自律的な文学作品を追求していたが，他方では「民主的で自由な社会主義」という政治的理念から充分に距離をとることはできなかったのである。東ドイツは，私たちの目からすると全体主義社会であり，体制側が住民側を暴力でもって弾圧しているというイメージが浮かんでくる。しかし，暴力だけではなく，過去の戦争に対する贖罪意識もまた，独裁的な政府を受け入れる要因となっていたのである。

　このような東ドイツの文学史的状況のなかから，本書の対象となる1980年代のアンダーグラウンド文学の特徴が浮かび上がってくる。19世紀以来，「芸術のための芸術」という標語に象徴されるヨーロッパの自律的な芸術文化は，東ドイツでは中断していたが，それにもかかわらず，1980年代，すなわち東ドイツの末期になって復活を遂げたのである。なぜ芸術に参与するのかという問いは，その存在が自明視されている社会よりも，妨害されている東ドイツのような社会のなかで鮮明に浮かび上がってくるであろう。

第2部では，東ドイツの芸術に対する余暇と抑圧との関係を記述する前に，このような東ドイツ文学の慣習からは逸脱した，自由で自律的な文学作品が1970年代後半にいかにして生じたのかについて，芸術内部のミクロなコミュニケーション・プロセスから記述したい。第2章で詳しく説明したように，芸術がコミュニケーションとして成立するには，作家がどのような意図をその作品に託しているかではなく，その作品が何らかの「芸術」であることを観察者が理解できるようにならなければならない。このことはもちろん，作家であろうと鑑賞者であろうと芸術の観察者にとって　その対象が，情報が欠落したままの伝達行動，すなわち際限ない伝言ゲームとして理解されるようにならなければならない。極言すれば，芸術では観察者の期待を裏切るものが提示されているのだと期待されるようにならなければならない。そのためには象徴的に一般化されたコミュニケーション・メディア，つまり芸術にとっての芸術独自の動機づけがなされなければならないのだ。

　それゆえ，ここではアンダーグラウンド文学を可能にした組織的ネットワーク（第4章），そしてそれ以上に重要なのは，当時の作品や作家たちの発言から見えてくる芸術固有の理解と，そこに参与する動機づけ（第5章），そして最終的に芸術の自律化を阻む政治から離脱するための境界線の確定（第6章）について記述することにしたい。

[第4章]

アンダーグラウンド文学の組織とスタイル

　ある芸術の概要を最も簡素に記述するのであれば，芸術の組織とスタイルを記述することが必要であろう．本章では，1980年代の東ドイツのアンダーグラウンド文学の概要を組織とスタイルの観点から記述したい．

　システム理論の文学研究家であるヘルムステッターは，文学の自律性を主題にした論文のなかで，自律性は，制作された芸術作品が芸術的に鑑賞され，それを通じてさらに作品がつくられるという一連のコミュニケーションの閉鎖的な連鎖（作品→作品→作品）のなかにあると述べた(Helmstetter 2011:40)．しかし，このような作品の連鎖的な再生産には組織が必要である (Müller-Jentsch 2012)．

　芸術に関わる組織としては，例えば美術館や映画館，ギャラリー，出版社など流通を担う組織だけでなく，芸術大学や芸術アカデミー等，様々な組織がそれに該当するだろう．イェンチュが明確にしているとおり，芸術における組織の役割は，芸術作品の配給・流通という点にある．どれだけ作家たちが作品をつくろうとも，それが流通しなければ芸術はシステムとしては成立しないのである．

　それに対してスタイル概念は，多くの美術史が採用しているように，ある芸術の傾向を記述するための最も基本的な方法であろう．本書ではスタイルの特殊性や技法については簡単にしか触れないが，ここでは第

2章で説明したシステム理論におけるスタイル概念をもう一度確認しておこう。

　芸術は，「美しい／醜い」または「おもしろい／つまらない」といった二値的なコードにしたがって受容（または拒絶）されるというゲームのなかで，コミュニケーションを再生産する。しかし，コードはそれ自体では意味をもたない。例えば，コンピュータは「0／1」の二値コードによって作動するが，コードそれ自体をいくら眺めても，それ自体にはどんな意味も存在しない。それに対して，コンピュータが初めて機能するのは，0／1に基づいてプログラム（あるいはソフトウェア）が作動するかぎりにおいてである。スタイルとは，芸術におけるソフトウェアに該当するのである。どんな芸術作品が素晴らしいかといった価値基準や技法があって，人はそれが芸術作品だと認識することができるのである。だからスタイルは，おそらく芸術を芸術たらしめる最も基本的な要素なのである。

　以上の観点から，本章ではアンダーグラウンド文学における組織とスタイルについて記述することにしたい。

1．文学のための（非公式）組織

　作品の継続的な発表をしていくためには，すでに第2章で論じたように，芸術のための組織が必要である。1980年代のアンダーグラウンド文学は，この意味では一見すると非組織的である。なぜなら，当時の東ドイツの作家の大半が登録していた作家協会に，若い作家の多くは所属していなかったどころか，彼らの自費出版は当然ながら，政府の強い影響下にあった公的な出版社に依存しないことを意味していた。

　しかし，このような厳密な意味での組織をアンダーグラウンド文学は所有していなかったにしても，ベルリン・プレンツラウアー・ベルク地

区に代表されるように，都市のなかの限定された地区へ，芸術に必要な資源の多くが集中した。ひとつの街のなかにギャラリーやアトリエ，芸術家が集まる居酒屋やカフェなどが集合するようになったのである。これらのすべては，厳密な意味での組織ではなく，あくまでも個人個人のネットワークによって成り立っていたわけであるが，このような緩やかな組織が形成されなければ，アンダーグラウンド文学の自律化はそもそもありえなかったであろう。

　このような傾向は経験的に考えれば，決してベルリンだけに限定されるものではない。パリやニューヨークのように，あるいは秋葉原のように，芸術に関連する組織や商店がひとつの場所に集中するという現象は珍しくないからである。これらの街を歩けば多くの人は，あたかも芸術がそれ自体で独立して存在しているかのようにあるいは芸術のために世界が回っているかのように感じるであろう。

　いずれにしてもベルリン・プレンツラウアー・ベルク地区に集まった，私的な諸個人のネットワークは，作家協会や出版社といった公的組織よりもはるかに新しい芸術スタイルの流通をより柔軟に行うことができた。作家のフォルカー・ブラウンが述べているように，「プレンツラウアー・ベルクは，〔筆者注：西ドイツに亡命しないで〕そこに残った人たち（Dableiber）による，文学的に自律的なもの（Autonome）の始まりの場所だった」(Braun 1998:135)。

　もちろんシステム理論からすれば，芸術の自律性はあくまでコミュニケーションの連鎖のなかにあるのであって，芸術に特化した物理空間それ自体は自律性を直接示すものではない。しかし明らかにプレンツラウアー・ベルクの文学もまた，こうした地理的な要因に大きな影響を受けている。それゆえ本節では非公式組織としての芸術組織の確立を記述することにしたい。以下ではまず，自律性を可能にしたこの物理空間について記述することにしたい。

東ベルリンの北東部にあるパンコウ区の一角，プレンツラウアー・ベルク地区には，1970年代後半から多くの作家や芸術家たちが集まってきた。彼らの多くはここで文学活動を展開したので，これらのアンダーグラウンド文学は，「プレンツラウアー・ベルクの文学」として西ドイツからも注目を浴びた。もちろん，その地区に集中したのは，文学活動だけでなく，芸術活動全般であった。具体的には，1973年，ドレスデンからベルリンに引っ越してきたユルゲン・シュヴァイネブラーデンが，自宅の隣の部屋を「占拠」し，そこを改造してプライベート・ギャラリー「EPギャラリー」を開設した (Grundmann 2012a)。同様に1976年，彫刻家のハンス・シャイプもドレスデンからベルリンに移住してアトリエギャラリーを開く (Grundmann 2012b)。1983年，シュテファン・カイザーは自助・制作ギャラリー「rg」を開設 (Grundmann 2012c)。1980年代にはグラフィックデザイナーのミヒャエル・ディルラーが，自宅を改造してつくった写真ギャラリーを開き，そこはプレンツラウアー・シーンの集合場所となった (Grundmann 2012d)。とりわけ文学的に影響が大きかったのは，ヴィルフリーデ・マースの陶芸工房であろう。1978年から自宅のキッチンを開放し，作家のために朗読会や読書会を開催した (Grundmann 2012e)。また，1980年代には裏庭の住居ギャラリー「de LOCH」が，東西ベルリンのポップカルチャーやオフカルチャー，例えばコミックなどの展覧会を行うようになった (Michael 2012b)。このように芸術家たちに作品を発表する機会を提供した数々のギャラリーは，自宅を改造した，プライベート・ギャラリーとも呼ぶことのできる，規模も小さく組織性も低いという意味で非公式な組織であった。

　ギャラリーがベルリンの一地域に集中した理由は，賃料が比較的に安かったという点と，大都市の匿名性のなかでは，誰にも邪魔されずに変わったことをしやすかったという点が挙げられる (Mann 1996:129)。実際この地区には，1960年代後半からベルリンを代表する性的マイノリティ

のカフェが集まるようになっていた (Dobler 2009:168)。この点を考慮にいれるのなら，この町が多様性を許容することのできる環境にあったことは想像に難くない。芸術家だけでなく社会的マイノリティ，若者たちが自由に活動することのできる空間がプレンツラウアー・ベルクには存在していた。もちろんその場所のもつ意味は，自由な空気がもつ集住のしやすさだけにとどまらない。狭い空間へ芸術家たちが移住してくることによって，これまで東ドイツ全土に拡散していた様々な芸術家たちが共同作業を行えるようになった。ヴィルフリーデ・マースの陶芸工房の事例が表しているように，ベルリンの一連のギャラリーは，読書会というやり方で，より容易に芸術家同士の直接的・対面的なコミュニケーションを可能にした。このような物理的な接触頻度の高さがなければ，文学活動そのものが不可能であっただろう。

　このような状況のなかで，1970年代後半から自費出版，すなわちサミズダートが相次いで創刊されるようになった。そのなかで初めて刊行された芸術雑誌は，1978～79年にベルリンで創刊された『Papiertaube（紙鳩）』であり，その声明によればその雑誌は「文学に興味をもった人のための文学情報」であった (Lewis 2003:151)。文学を純粋に文学それ自体のために提供しようとする雑誌がすでに1970年代後半には成立していた。しかし，この雑誌はまだベルリンではそれほど有名ではなく，このような非公式な文芸雑誌がはっきりと認識されるようになったのは，1981年にベルリンで発行された雑誌『Der Kaiser ist nackt（裸の王様）』（1982年に『Mikado』へと改称）であった (Grunenberg 1993:81-82)。さらに，1984年にはベルリンで雑誌『SCHADEN』が創刊される。この雑誌は，90人の作家と30人の画家と写真家が参加するという，当時のアンダーグラウンド雑誌のなかでは最大の規模を誇るものであり，1980年代半ばの非公式文学・芸術のなかで極めて有名になった。「アンダーグラウンド（Untergrund）」の文学・芸術として広く知れ渡るようになったの

第4章 アンダーグラウンド文学の組織とスタイル　93

表2：1980年代のアンダーグラウンド雑誌数および号数の推移（1982年-1989年）

年	1982	1983	1984	1985	1986	1987	1988	1989
雑誌数	3	4	7	8	7	16	14	18
雑誌号数	8	14	17	29	20	32	38	57

(Eckart 1993:122)

表3：都市別のアンダーグラウンド雑誌数および号数（1982-1989年）

雑誌タイトル	雑誌数	雑誌号数
ベルリン（東）	13	139
ライプツィヒ	4	32
ドレスデン	4	29
ヴァイマル	2	12
ケムニッツ	1	11
ハレ	1	3

(Eckart 1993:119-122) から雑誌ごとの出版場所・出版号数を集計して筆者が作成

　もこの雑誌からであった。また1980年代には，ベルリンだけでなく東ドイツの他の都市でも様々な非公式の自費出版雑誌が発行されるようになり，その数は合計で30種類にも及んだ（ただし常時30種類が出版されていたわけではなく，多くの雑誌は2〜3年で廃刊になった）。各雑誌の発行部数は15〜200部程度であり，どれも当局の印刷許可を得ていない非公式なものであった (Michael 2008:345)。表2のフランク・エッカートが作成した雑誌数および雑誌号数の推移を見るとわかるように，文学雑誌の数は1980年代を通じて増加していった。
　そして，表3が示すとおり，アンダーグラウンド雑誌の多くは基本的にはベルリンのなかで生産されたのであり，ベルリン以外で発行された雑誌もまた，ライプツィヒやドレスデン等，人口が50万人以上を超える大都市に集中していた。アンダーグラウンドの文学雑誌が大都市かつ非公式な組織形態という条件のもとで成立したことは，相互に関連していると見ることができる。情報の流通が制限されているような社会では，

流動的で多様な人々が直接対面することのできる大都市においてのみ，組織に頼らない緩やかなネットワーク形式が可能になるからである。

　このような非公式組織の成立は，東ドイツに固有の歴史状況によって説明できると同時に，他の社会でも起こりうる芸術内部の動向からも明らかにすることができる。芸術の公的組織が政治的圧力にさらされていた東ドイツ特有の状況では，不可避的に非公式ネットワークに人的資源が集まらざるを得なかったと言えるが，他方で，公的組織が硬直しており，芸術内部のイノベーションが阻害されている状況であればどこでも，非公式ネットワークを形成することの必要性が高まるのである。文学研究家のミヒャエルも，プレンツラウアー・ベルクにおける芸術家たちのグループは，たんに作品発表の機会を得るためだけにあったのではなく，美的なイノベーションを起こそうという志も共有していたことを指摘している (Michael 2012a)。

　いずれにしても，何らかの芸術や文学を記述するためには，組織形態の影響を記述することが必要である。作品内容そのものは，たとえこうした組織形態とは無関係に成立することがあっても，ベッカーが何度も繰り返し強調したように，組織なしには芸術は成立しないからである。しかし，もちろん組織の存在だけで作品が自動的に生まれるわけではない。このような組織と並んで，具体的に芸術作品を成立させるための方法が確立されなければならないだろう。この点について，次節では論じることにしたい。

2．方法としての「言葉遊び」

　芸術の自律性について論じたヘルムステッターは，芸術の自律性は作品の連鎖によって可能になると述べたが，たんに作品が連続的に発表され続けるだけではまだ自律性が獲得されたわけではない。彼はさらに芸

術内部で独自に様々な基準ができる「自己プログラム化（Selbstprogrammierung）」や「自己制約（Selbsteinschränkung）」が芸術の自律性の条件であると捉えた (Helmstetter 2011:45)。楽譜の書き方や演奏方法，文体などのテクニック，あるいはもっと抽象的に捉えれば，芸術のみにしか通用しない芸術独自の文法が，芸術の自律化を可能にするのである。ベッカーの言い方をすれば，それは「規則（convention）」(Becker 2008:30) ということになるだろう。プレンツラウアー・ベルクの文学にもある一定のスタイルを見ることができる。まず紙幅が極めて限定されていたことから，小説のような長文形式の作品はほとんど見られず，その代わりに詩やエッセイが中心を占めていた。そして，この文学が新しく生み出したのは「言葉遊び（Wort-Spiel）」の技法であった (Emmerich 2009:412)。

　本書のはじめに掲載した作品『o.T.（無題）』もまた実は言葉遊びである。A，B，R，Tの4文字によって構成される作品は，一方では英語のart（芸術）を表していると同時に，ドイツ語のAbart（変種，退化）を示唆してもいる。また右のウヴェ・ヴァーンケの作品『dialektik（弁証法）』ではより容易に言葉遊びの側面をうかがい知ることができるだろう。「international（国際的）」の文字は，1行ごとに1文字ずつ消去されていくプロセスのなかで最終的に「intern（内部の，内輪の）」を意味する単語へと書き換えられている。国際的であること，内輪であること，という2つの弁証法的関係がここで示唆されているのである。

　1980年代に相次いで自費出版された芸術・文学雑誌のひとつ，『Ariadnefabrik（アリアドネファブリーク）』は，ライナー・シェドリンスキにより発行された。その特徴は，テーマに

dialektik

international
internationa
internation
internatio
internati
internat
interna
intern

©Uwe Warnke, 1984

縛られずエッセイ的で反省 (Reflexion) を重視したテクストを多く掲載していたことである (Böthig 1997:203-204)。この第4号に掲載されたトーツの散文『AUTODAFÉ（異端判決宣告式）』(Toth 1987:94-106) では，文の1行目に「nicht hinauslehnen」という2つの語が合わさり，「身を乗りださないこと！」という意味を構成している。2行目以降は，この「Nicht hinauslehnen!」を構成している文字をところどころ消去することによって，様々な別の意味が示唆されるようになっている。例えば7行目には「ich aule!（私はつばを吐く！）」という意味に，「ich haue!（私は殴る！）」を，21行目には「ich hinsehne!（何らかの場所に居たいと思い焦がれる）」という意味に，28行目では「ich sehe!（私は見る！）」，次には「Nina sehen!（ニーナを見る！）」と書き換えられている。

　このように日常で使われている普通の言葉は，詩的な語感にしたがって，別の意味へと再構成されていく。しかし，この言葉の変化を通じて示唆されるその意味は，決して政治的な何かではないし，さらにここから作者の意図や，作者が接している現実を知ることは極めて困難である。ここで模写されているのは，外部の現実ではなくて，詩の制作される過程という文学内部にのみ通用するような特有の規則であり，現実とは全く一致しない記号の乱舞である。この意味では，これらの詩は，それが成功しているか失敗しているのかは別にして，極めて高度に自律化した芸術作品であると見ることができる。これらの詩は遠くから一瞥しただけでは，単なる文字の羅列にすぎず，どんなメッセージも伝えているようには見えない。しかし，この単なる文字の羅列によく目を凝らしてみると，そこにはある種の規則性があり，何らかのメッセージがあるように見える。しかし，そこから見えてくる「私は見る！」，「ニーナを見る！」のようなメッセージは，結局どんな意味ももたないのであり，そこから何かの言明を引きだすことなどできないのである。ここにあるのは，何も言っていないようで，何かを言っているようで，結局は何も

第4章　アンダーグラウンド文学の組織とスタイル　　97

言っていないというパラドックスの展開である。

　このようなパラドックスの展開は，アンダーグラウンド文学において共通して見られる規則であり，以下ではさらに詳しく検討することにしたい。

　以下のファクトァの詩を見ても，そのスタイルは上記の作品とは異なるとはいえ，同様のパラドックスが展開されていることがわかる。

　　[...]
　　ob ich nur Lust haben
　　ob ich nur Lust haben werde
　　ob ich nur Lust haben werde
　　ob ich nur Lust haben werde das nächste Wort
　　(Pause)
　　ob ich nur Lust haben werde das nächste Wort auszusprech
　　ch ch
　　ob ich nur Lust haben werde das nächste Wort auszusprech
　　ch
　　ch ch

　　　　　　　　　　　　　　　　　　　　　　　(Faktor 1989:71)

　　[…]
　　どうなの ぼく 楽しみだけしか ない
　　どうなの ぼく 楽しみだけしか ないだろう
　　どうなの ぼく 楽しみだけしか ないだろう
　　どうなの ぼく 楽しみだけしか ないだろう 次の言葉
　　(Pause)
　　どうなの ぼく 楽しみだけしか ないだろう 次の言葉をいう 楽しみ

みみ
どうなの ぼく 楽しみだけしか ないだろう 次の言葉をいう 楽しみ
み
みみ

　この詩において述べられている内容をひとつの言説として分析するならば，明らかに「次の言葉をいう」ことが楽しいと表明されているはずである。しかしこのような言説も，まるで言葉につっかえたかのように何度も同じことを繰り返すという形式によって，あるいはさらに文章の最初に「ob（〜かどうか）」という接続詞が入ることによって，結局のところ，「次の言葉をいう」ことは楽しいのかどうかについては極めて不明確になっている。この文章をより論理的に考えるのなら，彼はここでもまた「楽しい」と「言うこと」を（言葉遊びの方法で ob の接続詞を使って曖昧にすることによって）「言わない」ということを（しかし詩という作品のなかで）「言っている」というパラドックスを展開していることになる。この詩を学術的な意味での言説（Aussage）と見るかぎり，この詩は最終的に，言葉を発することが作者にとって楽しいのかどうかについてはイエスと言うこともノーと言うこともできない。しかし，このような言説を，システム理論的にひとつの芸術作品として見るならば，このようなパラドックスの展開は，他の社会システムにおいては意味をなさない芸術システムにおいてのみ通用するコミュニケーションの技法である。
　以下のフィードラーの詩からもこのことについて検討してみることにしたい。

　　[...] Und plötzlich sein unvermitteltes Stehenbleiben, wie ein Schnitt in schlafendes Fleisch, während er einige Worte sprach, die ich vergaß und deshalb nur ungenau wiedergeben kann. Möglicherweise sagte er:„Was man wohl denkt, wenn man nachdenkt?" oder:„Vieles ist gewiß, gewiß ist sich selbst der Nächste der Nächste," oder:„... und Ankunft der Sonne warf mich zu Boden!" [...] was er daramls sagate, sagt nichts, er sagte es einfach so dahin, um nicht weiterhin zu schweigen, sagte er etwas, irgendetwas, er war verstört an diesem Nachmittag.

(Fiedler 1985:188)

突然出し抜けに彼〔訳注：主人公の友達〕は，眠っている肉の断片のように，立ち止まって，いくつかの言葉をしゃべった。僕はその言葉を忘れていて，だから不正確にしか再現できないのだけど，おそらく彼が言ったのは「考えこむことの考えってなに？」あるいは，「あらゆるものは確かで，確かなのは身近なものの身近さ」あるいは「……昇ってくる太陽が，僕を地面に叩きつける！」。［…］彼がそのとき述べたことは，何も述べていない。彼が述べたのは，とっても簡単で，もうそれ以上沈黙しないためで，彼が述べたのは，その日の午後に衝撃を受けた何かだった。

この詩のなかでは，ある友人が唐突に立ち止まって「もうそれ以上沈黙しないため」に，「何も述べていない」ことを「述べた」というパラドックスな表現がなされている。沈黙を破るために発した言葉は，例えば「考えこむことの考えってなに？（Was man wohl denkt, wenn man nachdenkt?）」という問いかけであった。人が何かについて考えこむとき，その考えこんでいる内容そのものではなく，考えこむということそれ自体がもつ意味が何であるのかという問いかけである。もちろん，この友人が，考えこむことそれ自体の意味についてのまじめに哲学的な考察を展開したかったわけではないのは明らかである。彼がさらに「昇っ

てくる太陽が，僕を地面に叩きつける！」と続けているように，「彼がそのとき述べたことは，何も述べていない」のであり，つまりここで友人は意味のないこと，内容のないことを手当たり次第に喋るというパラドックスを展開しているのである。

このようにアンダーグラウンド文学のなかに通底している「言葉遊び」とは，一方で言葉それ自体から意味や意図やメッセージをそぎ落とすのであり，他方では，このことによって意味喪失した言葉をそれにもかかわらず表現させるのである。言い換えれば，アンダーグラウンド文学の特徴である「言葉遊び」とは，パラドックスを展開するための方法なのである。「言葉遊び」によって，（言葉として）何かを伝達しているが（その内容を見ると，たんに言葉遊びをしているだけで）何も伝達していないのであり，しかし（それが作品である以上）何かを伝達している，というパラドックスなのである。

このような「言葉遊び」という方法には，とくに他の文学とは異なった独自のスタイルがある。文学史家のエメリヒが記述したように，おそらくこの技法は文学史的に記述されるひとつの特徴である。しかしそのこと以上に重要なのは，彼らが発明した方法によって，芸術にしかできない独自のコミュニケーションが可能になるということである。すでに第3章で述べてきたように，ルーマンにとって芸術の社会的機能とは，「現実」と「可能性」とのあいだのパラドックスを観察することである。アンダーグラウンド文学において最も特徴的なスタイルであった「言葉遊び」は，「現実」と「可能性」との往復をパラドックスの展開というかたちで可能にするのであり，それは他の社会領域においては決して規則化されえない独自の方法である。

おわりに

　東ドイツのアンダーグラウンド文学では，従来の芸術組織とは異なる種類の組織が形成された。アンダーグラウンド文学の組織形態の特徴は，文学に準ずる公的組織にまったく関与しないまま，ごく少数の若者たちのネットワークによって運用された点にあるといってよいだろう。自費出版雑誌は，印刷から流通に至るまでプライベートな組織によって非公式に行われていたし，読書会や展覧会も個人が自らの住居を提供するプライベート・ギャラリーのなかで行われた。

　この違いを明らかにするために，芸術組織における公的組織／グループの概念的区別をしておくことにしたい。美術館や出版社などの公的組織とは異なって，グループにおいては，社会的支え，とりわけ経済的な支援が欠落している。こうしたグループに該当するのは，サークルやクラブ，あるいはゲマインシャフト（日本語では「族」がふさわしいだろう）などであり，歴史的にはダダイズムやロシア・アヴァンギャルド，青騎士，グルッペ47，ブリュッケ，ZEROがその代表格として有名であろう。これらのグループの特徴は，他のシステム，とりわけ経済（パトロンや市場など）との結びつきが弱いだけでなく，芸術内部でこれまで培われてきた芸術的な価値基準にすら依拠しないことである。ルーマンによれば，グループは，他の社会システムから孤立していることで，極めて自律性の強い芸術スタイルを要求するようになる。イェンチュもまた，芸術グループは，芸術の自律性だけでなく芸術内部のイノベーションをも強く志向することを指摘している。グループは孤立性ゆえに，反市民社会的でカウンターカルチャー的な性格をもつようになり，イノベーションを志向したスタイルを確立するようになる (Müller-Jentsch 2012: 109–112)。それゆえ，グループの芸術社会学的な意味は，その形成が，

芸術の自律性やその強化，あるいは芸術システム内部の刷新を示す指標となるという点にある。

　公的組織が機能せず，もっぱらグループによって文学が生産されるという特異な事態は，もちろん表現や芸術活動の自由を認めない東ドイツの政治システムによって引き起こされたわけであるが，他方でこうした公的組織の欠落は，イノベーションへの強い期待と圧力を少なくとも作家たちにもたらしてもいたのである。このような動向は，諸個人の人的ネットワークによって培われ，利用される社会関係資本（social capital）として捉えることもできるだろう。とりわけベッカーの議論は，アートワールドに参与する諸個人の協力関係に極めて注目している。しかし芸術を分析するうえで重要なのは，このようなネットワークの形成がなされる状況が，一方では公的組織を通じた他の社会システムとの関係性が希薄化していること，他方では，芸術内部においてもこれまでの技法や評価基準などが通用しなくなっていること，つまり内部が変動しうる状況であることを示しているのである。

　この傾向は，スタイルにも明確に表れている。東ドイツのアンダーグラウンド文学にとって極めて特徴的なスタイルは「言葉遊び」である。日常的に使用されている言語が，語呂合わせという，意味や意図に還元できない規則によって再構成されることで，他の社会システム，とくに政治システムが作品を読み解くことを困難にしている。ここで鍵になるのは，パラドックスである。つまり，（それが作品という意味では）何かを言っているように見えるが，（それが日常の言語という意味では）何かを言っているようには思えないというように，芸術と通常の観察とを俯瞰したパラドキシカルなメタ視点が採用されている。こうしたスタイルは明らかに体制を挑発しており，また政治的な読みを妨害したいという当時の社会的環境が明らかに表れている。しかし，この方法の意図するところ，つまりパラドックスを展開することで芸術的な読みへと誘

導させるという方法は，ルーマン理論のなかでは芸術の基本的なコミュニケーション様式である。つまり東ドイツ社会に特有の行為というよりも，自律した芸術をもつどの社会の芸術においても当たり前のように確立されている技法なのである。

　東ドイツのアンダーグラウンド文学を見るかぎり，明らかに当時の社会環境が，組織やスタイルの形態に強い影響を与えているように見える。しかし他方で，すでに芸術それ自体に内包された固有の自己運動の形式が，こうした組織やスタイルを形成させているだけのようにも思える。つまりそもそも強い芸術欲求があるゆえに，所与の環境が，障害というよりもチャンスとして利用されているようにも見えるのである。それゆえ組織とスタイルから，本書の問いである「なぜ」人々が芸術に参与するのかについて答えるのであれば，芸術をしたいから芸術に人々は参与するという回答が導きだされうる。

　それゆえ次章では，やはりその「なぜ」が，つまり芸術意欲がどのように形成されるのかについて記述していきたい。

[第5章]

芸術意欲の成立
―― 「つまらない」現実から「楽しい」言葉遊びへ

　ルーマンの芸術理論においては、すでに第2章で述べてきたように、芸術というものを一義的に規定するのは、その対象が、雑音ではなく音楽であるという「理解」が成立した場合である。さらに、芸術がコミュニケーションとして継続的に再生産されるためには、ルーマンによれば「美（Schönheit）」というコミュニケーション・メディアが、あるいはヴェルバーによれば「おもしろさ」というメディアが成立していなければならない。そのようなメディアは、「美やおもしろさ」を成功、「醜やつまらなさ」を失敗と捉える二値的な理解の枠組みであり、両者のあいだで展開されるゲームでもある。同時にこのような二値的コードは、動機づけの役割も果たしている。なぜなら、このような理解の枠組みは、「美やおもしろさ」が獲得されるべき、目指されるべき価値があることを前提にしているからである。別の言葉で表現するのなら、芸術史家のアロイス・リーグルや、社会学者のマックス・ヴェーバーが指摘していたような「芸術意欲（Kunstwollen, künstlerisches Wollen）」が、芸術に固有のメディアであり、対象が芸術であることを認識させる理解の枠組みであるといえよう。
　本章では、東ドイツのアンダーグラウンド文学のなかで、このような芸術的な理解がいかにして生まれるのかについて、文学内部の作品に基づきながら、分析していきたい。

1．「沈黙」の消極的受容

　すでに引用したフィードラーの詩のなかで描かれている「沈黙」は，芸術の理解と動機を知る手がかりを与えている。この詩のなかでは，なぜ彼（友人）が，パラドキシカルなことを喋りだすのかについて次のように表現されている。「彼がそのとき述べたことは，何も述べていない。彼が述べたのは，とっても簡単で，もうそれ以上沈黙しないためで，彼が述べたのは，その日の午後に衝撃を受けた何かだった」(Fiedler 1985 : 188)。彼は「沈黙」したくないという動機から，何も言わないことを言うという芸術に固有のパラドックスを展開するのである。「沈黙」は，他の作品のなかにも多数描かれており，芸術を動機づける固有の契機となっていると見るべきである。文学研究者のリアマンも後期東ドイツ文学を特徴づけるテーマが「沈黙」であったことを明らかにしている(Liermann 2012)。本節では，このような「沈黙」が作品のなかにどのように描かれ，それが芸術システム全体に対してどのような役割を果たしているのかについて記述することにしたい。

　例えば，詩人のクローマーの以下の詩を見てみよう。

  unser versteintes gesicht

  schweigen

  für jene

  die uns die hände brachen

  die zungen lähmten

　　　　　　　　　　　　　　　　　　　　　　　(Kromer 1983a:74)

　僕たちの石化した顔つき

あいつらに
沈黙する
僕たちから手足を奪う人たちに
舌を麻痺させる人たちに

　この詩からは，自分たちの「手足を奪」い，「舌を麻痺させ」，「沈黙」を課されている状況が表現されている。この詩を見るかぎり，確かに「沈黙が強制されている」状況が明らかであるが，他方でこの作品がそうした強制に対する抗議であるのかどうかは曖昧である。例えばボンザックの以下の詩のなかでも「沈黙」の状況が表現されている。

[...]
wenn du fliegen willst
besorg dir ein wörterbuch
ich hab
die vokalbeln vergessen

in den schattenstädten
fesselte ich die worte
[...]

(Bonsack 1983:31)

[…]
飛びたちたいのなら
辞書を買うんだな
僕は
単語を忘れてしまった

第 5 章　芸術意欲の成立　　107

影が覆う街で
僕は言葉を縛りつけた
［…］

　しかし，クローマーの詩と異なり，ここでは沈黙が強制されているというよりもむしろその強制を前にして自ら沈黙している。「飛びたちたい」（おそらく西側へと逃げたいと望む）人に対して本来なら何か投げかけるべき言葉があるに違いないが，「僕」は自ら「言葉を縛りつけ」，すでに「単語を忘れてしまっ」ているために，もはや誰に対しても「沈黙」すること以外には何もできないのである。
　以下のアドロフの詩においても，「沈黙」は「拷問」によって引き起こされる明らかに望ましくないものであり，少なくとも「話したい」という自分自身の意志を残しつつもここでもまた我慢して自ら「沈黙」を「学ぶ（lernen）」あるいは「学ばなければならない」というアイロニカルな態度が表現されている。

　　Die Folterungen nachts und tags

　　daß meine Stimme schweigen lernte

　　nicht zu verraten ein Gefühl

　　den Namen nicht, der mich zerreißt

　　das Herz.

　　Nun da ich reden kann und will

　　es tue, schweigt mein Mund

　　er muß erst lernen

　　gut hat er gelernt.

(Adloff 1983:53)

夜も昼も拷問のせいで
　　僕の声は，沈黙を学ぶ
　　気持ちを裏切らないように
　　僕を引き裂く名前はない
　　核心。
　　そりゃ僕は話せるし話したい
　　僕の口が黙っているので充分だった
　　口がまず学ばなければならない
　　それでやっとよく学んだことになる。

　ここで「沈黙」を学ぶのは，「僕」自身ではなく「僕の口」であると表現されているように，もちろん自分の意志に反して沈黙が強制されているが，あたかも自分自身で口を閉じているというポーズをして見せてもいる。

　このような消極的に受容される「沈黙」は，1980年代のアンダーグラウンド文学の詩のなかでたびたび表現されているが，このことはいったい何を意味するのだろうか。もちろん「沈黙」は当時の若い作家たちが抱えていた苦悩を表すメッセージであり，当時の社会状況を反映するものとして捉えることができる。「沈黙」を引き起こす当時の社会状況については第9章で詳述するが，「沈黙」の正体は，政府と秘密警察による文学への弾圧状況を詩的に表現したものにほかならないだろう。しかし，もし「沈黙」が文字どおりの意味で本当に起きているのなら，そもそも詩作そのものが行われないはずであり，「沈黙」について表現するということがすでに論理的に矛盾している。喋れないということについて喋っていることになるからだ。しかしこの矛盾は作品の欠点や誤謬ではなく，芸術が好んで展開するパラドックスとして受け取るべきであろ

う。

　「沈黙」は，外部の抑圧状況を表す社会的現実の反映かもしれないが，他方で現実には還元できないような芸術に固有のコミュニケーションをつくりだすきっかけにもなっているのである。次節ではこのような「沈黙」から「文学」へと至る一連のプロセスについて検討したい。

2．世界への無関心から芸術への関心へ
　　──芸術の二値コードの確立

　前節で取り上げた詩に描写されているような消極的な沈黙，このことが生じる帰結のひとつは，以下のケーラーとメレの詩を読むかぎり，まず第一に世界全体についての無関心である。

> ich habe keine Lust mehr auf tragische monologe aus neunundsiebzigprozentigem schweigen und zwanzig prozent unverbindlichkeit.[...]

> 七十九パーセントの沈黙と二十パーセントの無愛想からなる悲劇的な独白は，全く楽しいとは思わない。[…]

> ICH SITZE dir im Café gegenüber. Ich rede mit dir. Ich meine mich. Der gegenwärtige Zustand. Das kann nicht oft genug gesagt werden:darum geht es. Das heißt dann auch, ich will keine andere Welt, sondern ich will sie anders. Das ist nicht neu, das ist nicht originell. [...]

> カフェで君と向かい合って座っている。君と話す。自分のことを考える。現在の状態。何度もちゃんと話すことなんてできない。それが重要。つまり，別の違う世界は欲しくない，そうじゃなくて世界

を違ったようにしたい。これって新しくないし、オリジナルじゃない。[…]

Keine neue Philosophie, kein neues System und keine neue Utopie. Ich bin Eklektizist; das Zeitalter drängt auf Ökonomie. Ich brühe meinen Tee zweimal. Wenn die Zukunft Flucht ist, bleibt der Tag im Dreck. [...]

新しい哲学も、新しいシステムも、新しいユートピアも欲しくない。僕は随従者。時代が節約へとせき立てている。僕はお茶を二度沸かす。未来が逃げていこうが、その日は泥沼のまま。[…]

Ich rede mit mir. Ich meine dich.
Ich suhle mich in Alltäglichkeit.
Nebenprodukt:ich habe Lust. [...]

(Köhler and Melle 1985:46-47)

君と話す。君のことを考える。
日常のなかで泥浴びをする。
副産物：楽しい。[…]

　まずこの詩のなかでは、「沈黙」は「楽しいとは思わない」と表明されており、前節で紹介した詩と同様に、それに対するネガティブな態度がうかがえる。しかしここで重要なのは、社会的に引き起こされた「沈黙」に対する反応が、例えば言論弾圧や全体主義に対する反発という政治的な問題に結びつけられるのではなく、何よりもまず「楽しくない」と表明されることの意味であろう。この点は、経済的な問題に関しても同様である。確かに、「僕」は一方で切迫した経済状況あるいは節約

（Ökonomie）の必要性があることを認識してはいる。しかし他方で「僕」はそんなことはまるでお構いなしにお茶を二度沸かす（brühen）のであり，無関心なのである。無関心の対象は経済にかぎらず，新しい価値（「新しい哲学」「新しいシステム」「新しいユートピア」）にも及ぶ。その代わりに，「楽しくない」現実を解決するために必要になるのは，「カフェで……向かい合って座っている……君」である。未来からは全く切り離された，今だけしかない日常のなかで「君と話」し，「考える」ことこそが，たとえそれが「副産物」であったとしても「楽しい」のである。

明らかに「沈黙」は，芸術の外部にある社会な抑圧的状況から生じているはずである。にもかかわらず，その問題は「楽しい／楽しくない」といった芸術にしか適用できないような固有の問題系として処理されている。言い換えれば，「言葉」を管理しようとする政府に対して，「言葉」による抵抗をするのではなく，むしろ「沈黙」を「表現」するというパラドックス　つまり芸術固有の文法が展開されるのである。そうなると，いまや「世界」の問題は不公正や不道徳にではなく「つまらなさ」にあるのだ。

このように，現実が「つまらない」ものとして理解される点については，以下のヤン・ファクトァの詩からもさらに検討してみることにしたい。

  das Sein der Wirklichkeit zeigt sich mir in diesem Jahr immer klarer
  (so habe ich mir das gemerkt das sind nicht meine Worte)
  das Sein der Wirklichkeit interessiert mich aus diesem Grund noch_
   weniger als im vorigen Jahr
  (das sind auch nicht meine Worte)
  das Sein der Wirklichkeit fängt mich langsam an zu langweilen

(und das sind auch nicht meine Worte)
[...]

und die Probleme dieses Seins dieser Wirklichkeit zeigen sich mir_
in diesem Jahr immer klarer
(irgendwie so hat er das gesagt)
die Probleme dieses Seins dieser Wirklichkeit interessieren mich aus_
diesem Grund noch weniger als im vorigen Jahr
(irgendwie so)
die Probleme dieses Seins dieser Wirklichkeit fangen mich langsam an_
zu langweilen
(so hat er das gesagt)

und die Kunst dieses Sein dieser Wirklichkeit zeigt sich mir in_
diesem Jahr ebenso immer klarer
(irgendwie so hat er das gesagt das sind auch nicht mein Worte)
die Kunst dieses Seins dieser Wirklichkeit fängt mich langsam an_
zu langweilen
(irgendwie so usw.)

(Faktor 1989:8-10)

現実のありようは，今年ますます自分には明確に見える
(気づいたんだけど，これは僕の言葉じゃない)
現実のありようは，そんなわけで前年よりもますますおもしろくなくなっている
(これも僕の言葉じゃない)
現実のありようは，しだいにつまらなくなりはじめている

（これも僕の言葉じゃない）
［…］

そして，このような現実がこのようなありようであるという問題
が，今年ますます自分には明確に見える
（なんとなく彼がそう言った）
このような現実がこのようなありようであるという問題は，そんな
わけで前年よりもますます興味を感じなくなっている
（なんとなく）
このような現実のこのようなありようの問題は，しだいに
つまらなくなりはじめている
（彼がそう言った）

そしてこのような現実のこのようなありようであるなかで芸術は
今年ますます自分には明確に見える
（なんとなく彼がそう言ったが，これも僕の言葉じゃない）
このような現実のこのようなありようの芸術は，しだいに
つまらなくなりはじめている
（なんとなく etc.）

　この詩では，彼独自のやり方で「現実のありよう（das Sein der Wirklichkeit）」についての見解が「言葉遊び」という極めてパラドキシカルな方法によって描写されている。つまり「現実はつまらない」と言った直後に（これに僕の言葉じゃない）と言うことで，結局作者の意図がどこにあるのかわからなくなっているのである。何を言いたいのか定かでないにもかかわらず，何かを言いたいように見せかけている。このような言葉遊びを通じて，外部に存在しているであろう「現実」は，もっぱ

ら「つまらない（langweilig）」ものとして記述されている。しかし「現実」がつまらない状況は，私たちからすれば明らかに政治的・経済的な問題から生じているにもかかわらず，ここでもやはりその問題は，何よりも芸術がつまらなくなるということにほかならないのである。

　外部の「現実」で生じている問題を，芸術的な問題へ書き換え，それゆえに芸術表現をすることの価値が表現されるのである。芸術作品は社会を直接反映するという考えに立つかぎり，これらの作品のなかで表現されている世界に対する無関心や現実に対するつまらなさは，ポストモダン論的に解釈されるだろう。つまり作品のなかでの普遍的な価値の棄却が表しているのは，硬直した社会において，普遍的な価値が維持できなくなっているからであると。しかしシステム論的に考えるならば，芸術システムが成立するためには，その対象を「芸術」として理解させ，さらにそれを「受容／拒絶」のいずれかへと差し向けるようなメカニズムが必要であり，そのためには芸術独自のコミュニケーション・コードが必要である。作品のなかで「おもしろい／つまらない」としてこのコードが成立しているのは明らかである。それゆえ，これらの作品が表現しているのはポストモダン的な普遍的価値の否定というよりも，政治や経済，道徳など他の社会領域には還元することのできない独自のコミュニケーション・システムの肯定である。

3．「幻想」世界の誕生——非日常への視点

　さらに世界への無関心は，同時に「幻想」世界への興味としても描かれている。この点について，次のマニフェストから検討してみることにしたい。

　　Das immer tiefere Versinken einer Gesellschaft in Agonie kann im Einzel-

第5章　芸術意欲の成立　　*115*

nen die Illusion fördern, er müsse mit seiner Arbeit alles das ersetzen, was die Gesellschaft nicht leistet. [...] Gleich, ob es nie existierte oder ob es vergessen wurde:was es nicht gibt, muß neu erfunden werden. Es bedurfte des kindlichen, die Realität so verkennenden wie sich selbst Mut zuflüsternden Ausrufes »Der Kaiser ist nackt« [...] .

(Kolbe, Trolle and Wagner 1988:7)

　社会が瀕死状態にあってますます停滞すると，個々人に幻想を強める。社会がしないことすべてを自分の作品で埋め合わせなければならないからだ。[…] 全く存在しなかったとしても忘れられたとしてもいい。存在しないものが新たに発見されなければならない。「王様は裸だ！」という子供の叫び，それは自らに勇気をそっと伝える叫びであると同様に，リアリティを見損なっている叫びでもあるのだが，そうした叫び声が必要だった。

　このマニフェストのなかでは，「幻想（Illusion）」は，「社会がしないことすべてを自分の作品で埋め合わせなければならない」がために生じるということが記述されている。これは，芸術の「分化」を示す有力なメルクマールであろう。「なぜ」，「なんのために」という動機には全く触れないまま，しかし「was die Gesellschaft nicht leistet（社会がしない，果たさない，遂行しないこと）」をしたいという理由から，「幻想」は生じるというわけである。もちろん，ここでいう「存在しないものが新たに発見されなければならない」という宣言は，芸術的表現の基本原理であるパラドックスの宣言である。全く存在しないものを新たに発見するなどということは，そもそも不可能だからである。しかし，「幻想（Illusion）」という虚構世界が実在しているはずだという確信が，詩のなかでパラドキシカルな文法を展開させ，このパラドックスの展開が詩の内

容そのものになる。虚構／現実の対置は，そのまま芸術／環境（他の芸術システム）の差異を明確に浮かび上がらせるのである。

　このことは，以下のベーレルトの詩を参照しながらも考察することにしたい。

> [...] die selbst festgesetzte grenze ist / erreicht meine realität hat das traumbild in die zeit gedrängt / auch:die zeit hat mein traumbild in die realität gedrängt ich / fühle mich leer einstweilen zweifel reibt zwischen hilflos & / zweifel die idolisierten traumbilder ließen mich täglich die / idolisierten traumbilder träumen & die grenze selbst festgesetzt / ist erreicht nichts / vom viel leicht erreichbaren scheint vorerst erreichbar
>
> (Behlert 1985:143)

　それ自体で決まった境界が，確定した。私のリアリティが，幻想をその時代に追い込んだ。もちろん：その時代も，私の幻想をリアリティへと追い込んだ。自分は空虚だと思う。とりあえず，疑いが，無力さと疑いのあいだで摩擦する。偶像化した幻想が，毎日私に幻想を抱かせ，偶像化した幻想が夢想し，それ自体で決まった境界が確定する。すぐに得られそうなものから，得られるものは何もないように思える。

　まずこの詩のなかでは，「幻想 (traumbild)」の世界が現実そのものと同様に成立する状況が描かれている。現実は自分を幻想へと追い込み，いったん「幻想が偶像化する」というかたちで実体化すると，「私」はあたかも虚構が現実であるかのように毎日幻想を抱くのである。その結果，「幻想」が「夢想」するというように極めて自動的な虚構世界の作動が始まる。その「境界」の確定は，「すぐに得られそうなものから得

られるものは何もないように思える」という例の芸術的パラドックスによって締め括られるのである。ここで表現されている「幻想」が指し示しているのは，明らかに自律的な芸術システムの存在である。

　詩人のコツィオールはインタビューのなかで，「自ら固有の自己誤認をなんとか続ける」ことが書くことの条件になっている，と以下のように述べている。

> どうして書くのかという質問の意味についての最終的にベストな僕の考え方の視点は，次の文章。一般的で外的な決定因子が，読者の興味（interessiertheit）であると同一視することはできないから。書くというジェスチャーは，実際には，読むことの意味に縛られない固有の状態であるというジェスチャーなんだけど，〔訳注：これによって〕バカげた許しを得る理由を考えずに済んでいるように思う。そこからは何も生じないけど，[…] 僕は前に進める。[…] 詩は自ら固有の自己誤認をなんとか続けていて，だからこそそのようなジェスチャーを強制されているように見える […]。　　　(Koziol 1985:28)

　彼は，このインタビューのなかで，「一般的で外的な決定因子」を読者の興味とはみなさず，「自ら固有の自己誤認をなんとか続ける」ことによって，つまり独自の虚構を打ち立てることで，「書くというジェスチャー」，つまり創作が続けられるのだと述べている。おそらく彼にとっては，文学活動そのものが現実の改善には何も貢献しないからこそ，「そこからは何も生じない」ことを認識しているが，同時に彼はこの諦めなしには文学そのものが成立しないことを理解していたであろう。

　「沈黙」として表現されている作家たちに課せられた社会的制約は，抵抗や抗議を引き起こすよりも，政治的・経済的・道徳的には解消できない「おもしろい」こと，あるいは現実には還元できない「幻想」世界

の創造へと惹きつけている。「つまらない＝現実／おもしろい＝幻想」という二値コードによって社会全体を理解するという「自ら固有の自己誤認」が，しかし作家自身が自律的な詩を「書く」ことを可能にしているのである。

　おわりに

　作品のなかでしばしば描かれる「沈黙」という表現は，東ドイツのアンダーグラウンド文学の実情を鮮明に表していると同時に，なぜ芸術なのかその動機づけを明らかにしてもいる。「沈黙」という表現のもとで示されているのは，自由な言論や表現が制限された東ドイツ社会の悲劇的な状況である。しかしそこで問題になっているのは，「沈黙」を引き起こす独裁政治や言論弾圧よりも，むしろ「沈黙」の「つまらなさ」なのである。だからこそ「沈黙」に対する不満や対抗がこの作品のなかで描かれることはなく，その代わりに，世界に対する根本的な無関心と，「君」という日常に対する「楽しさ」としての関心が表現されているのである。このような描写をそのままメッセージとして受け取るなら，ここで描かれているのは政治的な抵抗を諦めた無関心な若者たちが内向化しているという社会的現実であろう。しかし，むしろこの作品のなかで描かれているのは，現実を「芸術的」に理解するという実践であり，芸術意欲の表明なのである。確かに私たちから見れば，「東ドイツ」というひとつの社会の問題点は，独裁的な政治制度にあるのであり，その変革こそが，唯一の解決策に見える。このことは決して間違いではないのだが，作家たちにとって東ドイツ社会の問題点は何よりも「つまらない」点にあるのであって，その唯一の解決策は，「おもしろい」作品をつくりあげることなのである。このような認識のズレこそ，芸術に特有の読解が成立していることの証拠なのである。

もちろん，これらの作品だけでは，次の因果関係が明らかになっていない。つまり，抑圧的な社会環境が芸術意欲をかきたてているのか，それともすでに芸術意欲が存在しているがゆえに，その社会的な環境を抑圧的で「つまらない」ものとして認定しているにすぎないのかである。

　この問題を解決するには，芸術作品だけを見るのではなく，その背後にある環境との違いに焦点をあてることが重要である。「分化」の理論に基づくなら，他の社会システムでは達成できない需要があるというその点から芸術固有の動機が生まれるからである。

　次章では作家たちの視点から，彼らにとって芸術とその環境の違いがどのように理解されていたのかについて明らかにする。

[第6章]

アンダーグラウンド文学における反省

　ここではまず第4章の組織とスタイル，および第5章の芸術に対する理解とその動機づけの関係をもう一度，時間順に整理することにしたい。本書では，アンダーグラウンド文学の概要を説明するために，まず組織とスタイルについて言及したが，時間的にはむしろ次のようなプロセスをたどるものとして考えなければならないだろう。まず（1）芸術に固有の理解と動機づけ，（2）スタイル：どんな作品が芸術的に素晴らしいかについての基準や方法の成立，（3）芸術組織の成立：作品の流通およびその評価。これらの3つのプロセスによって，初めて芸術の継続的な再生産とその受容が可能になる。

　これら3つのプロセスに加えて，芸術がシステムとして自律化するには，ルーマンが指摘しているように，芸術システムの機能とその環境との関係について，芸術システム自身がもう一度考察するという「反省」（reflexive Systemreferenz）が必要となる。つまり，一連の作品が継続的に生産されるなかで，作家たちはもう一度，芸術とその外部にある他のシステム（政治や経済など他の社会システム，あるいは個々の人々の心理システム）との関係をどのように位置づけるべきかを省みる必要性に迫られるのである。本書は，芸術と社会との関係をまさに研究対象として社会学的に分析しているわけであるが，両者の関係を考えるのは，学者や評論家だけではない。作家自身，あるいはその読者自身が，これら

の関係をめぐって再考察（反省）するという場合が生じうるのである。
　筆者の想定では，このような反省が生じるきっかけとして，2つの可能性が考えられる。第一には，新しい作品が生まれず，スタイルがマンネリ化しているなど，システム内部で停滞が生じているときである。マルセル・デュシャンの『泉』のような作品は，まさに芸術制度そのものについての反省を強制している事例のひとつであろう。第二には，そもそも環境からの強い圧力や脅威にさらされ，芸術の安定した自律的な作動が保証されていない場合である。つまり経済的な支援が得られなかったり，あるいは政治的な圧力に脅かされている場合などである。東ドイツのアンダーグラウンド文学においては当然後者の状況が想定されるわけであるが，いずれにしても芸術と環境との関係を芸術自身が再考察するとき，システムの自律性はさらに高まるのであり，本章ではこのような反省がアンダーグラウンド文学において生じているのかどうかについて，記述することにしたい。

1. 「内／外」の区別——芸術の境界線の確立

　以下の詩から見ていくように，作家たちは，芸術とそうでないものとを区別するための様々なパラダイムを表現している。前章で述べた現実／虚構の二重化もそうした境界づけの一例にほかならないが，作家によってその境界線は決して単一ではない。
　例えば，現実／虚構（芸術）という区別に対して，むしろ虚構である文学こそ現実的であるという位置づけがなされることもある。詩人のデーリンクは，インタビューのなかで，テクストを創作するための方法について言及している。

　　全くコントロールしないで，意識的には書かないスタイルを，どの

くらいまで発展させられるだろう。意識的なスタイルを受け入れるってことは，まぁ言ってみれば，仮面をかぶるということ［…］。でもむしろ重要なのは，隠れて追求するスタイルで，そう別の話し方，つまり価値判断を除外するスタイルだ。　　(Döring 1985:98-99)

彼によれば，コントロール可能で意識的に書くということはむしろ「仮面」をかぶることと同義であり，価値判断を除外しつつ無意識的にテクストを組み合わせること，つまりその創作活動こそに価値がある。つまりむしろ虚構的な芸術のほうが現実であり，現実こそ虚構にすぎないというわけである。

デーリンクがゴレックとファクトァとの共同で執筆した，以下の詩のなかで対比される「直接的な表現」／「間接的な表現」という区別もこうした転倒を明確に表している。

[...] Unmittelbare Äußerung = unartikuliert (ohne Beifügung) = ohne Inanspruchnahme von vorhandenen Mitteln = Gefühlsreaktion = direkte Bewegung des Unbewußten = Urlaute = Ausweichen oder Angriff = ist wahr, produziert nicht Wahrheit. Mittelbare Äußerung = bedient sich Mitteln (Sprache) = kein Mittel ist universal, jedoch die Wirklichkeit [...] = System produziert Wahrheit = Abgrenzung von Lüge (es gibt keine „Lügheit") (das Wahre, die Wahrheit) [...] = es gibt immer Wirklichkeit, die ausgeschlossen wird (Lüge) [...] = Sprache Korrektursystem von Gefühl im Dienst von Intention [...] = hieraus ständige Anwendung von Korrektur beim Ausdrücken. (Unterdrücken, Auslassen, Verstärken) = Rationalisierung von Gefühl.

(Papenfuß-Gorek, Faktor, Döring 1985:18)

[…] 直接的な表現 =（付け足しがなければ）明言することはない = 現存する手段を利用することはない = 感情の反応 = 無意識のダイレクトな運動 = 基調音 = 逃避または攻撃 = 真実であるが，真実を生みださない。間接的な表現 = 手段（言語）を使用する = 手段は普遍的ではないが，現実である［…］= システムは真実を生みだす = 嘘とは明確に異なる（「嘘っぽさ」はない）（真実っぽいもの，真実）= 閉めだされた現実がいつもある（嘘）［…］= 意図にお仕えして感情を修正する言語のシステム［…］= そこから恒常的に表現の矯正を適用（抑圧，放置，増強）= 感情の合理化。

ここでは「感覚的」，つまり芸術的な言語が「直接的な表現」であり，「論理的」で「意図的」な通常の言語表現は「間接的な表現」となっている。普通に考えれば，意図を直接表現する言語のほうが，芸術に比べてむしろ「直接的」であるはずだが，ここではその関係が逆転している。なぜなら，このような間接的な表現は，感情の表現を「抑圧」したり「放置」したり矯正しようとすることによって成り立っているからである。ここでは極めて明確に「感情」の言語と，「論理」の言語との違い（Differenz）が意識されていることがわかる。この違いを上記の言説から要約するのなら，「直接的な表現 = 感情の言語 = 芸術／間接的な表現 = 論理の言語 = 抑圧 = 環境」という区分によって，芸術の「内／外」が境界づけられていることがわかる。このような自己定義は「虚構／現実」のメルクマールよりもいっそうラディカルに芸術の価値を肯定し，他の社会領域を周縁化しようとする試みであると言えるだろう。

さらに，「新／旧」の区別もアンダーグラウンド文学の境界線確定手段としてしばしば用いられている。この点について，以下のクローマーの詩を検討してみることにしたい。ここでもまた2種類の言葉が区別されている。

die sprache

zertrümmern

angesichts

so vieler mißverständnisse

soviel falscher aussagen

sowenig schweigens

[...]

soviel unbekümmertheit

nach all den kümmernissen

die sprache wiederfinden

angesichts soviel ungesagten

tuns

(Kromer 1983b:74)

言語を
打ち壊す
たとえば
たくさんの誤解に対して
たくさんの間違った言明に対して
でも沈黙を打ち壊すことはほとんどない
[…]

すごくむとんちゃく
どんな悩みに対しても

言語を再発見する
　たくさんの言われていない
　ことに対して

　ひとつめの言葉は，「誤解」や「間違った言明」を引き起こし，「沈黙」を導く「言語」である。ここでいう「言語」とは，詩や芸術とは異なった仕組みによって動く表現方法，つまり論理的・概念的な言語であるが，しかし「どんな悩みに対しても」「すごくむとんちゃく」であり，決してポジティブなものではない「打ち壊す」対象となるべき言語である。それに対して，もうひとつの言葉は，「たくさんの言われていない」ことを「再発見」するのである。クローマーの詩においては，「言われた言語（旧）／言われていない言語（新）」という差異（Differenz）が明らかに芸術の自己定義として用いられている。

　詩人のロレックもまた，インタビューのなかで次のように，文学の「内部」と「外部」の世界を区分している。

　　シェドリンスキの考え。「思考に及ぼす言語の独裁は，もう二度と壊れない……」。僕はまずそういった極論には一度も狼狽えたことはない。[…] 僕たちの考えはまったく言語に占領されてない，だから言葉と言葉のあいだに存在するいろんな状況を，そう言語の外に存在しているものを感じられるし，それだけじゃなくて考えられるようにもなるんだ。
　　　　　　　　　　　　　　　　　　　　　　　(Lorek 1985:50)

　ゴレック，ファクトゥア，デーリンクと同様に，ここでもまた「言語に占拠された世界／言語に占領されていない世界」が区分されている。「言語の外（außerhalb der sprache)」に存在しているものを感じ，考えることを創作活動の理由づけとしているのである。

詩人のノイマンも，インタビューで同様のことを述べている。彼にとって，「内／外」を区分するのは，「不在者（Abwesende）／存在（Anwesenheit）」である。

> 言語は，不在者（Abwesende）に言及することはできない。しかしそれでも不在者に存在（Anwesenheit）の確からしさをもたらすことのできる様々な方法が創られた。でも，こういう方法はいつでもすぐにネタが尽きてしまう。最終的に重要なのは，言うことのできないもののために何度でも新しい方法を見つけることだ。
>
> (Neumann 1986:142-143)

もちろん，ここで彼が問題にしようとしているのは，明らかに哲学的な意味での存在／不在についての問いではない。彼にとってもまた，言語では表現できないもの，つまり「不在（Abwesenheit）であるもの」を表現する方法を確立することが芸術の使命なのである。ここでもまた前章においてすでに述べてきたようにパラドックスが展開されている。詩によって，存在しないものに，あたかも存在しているかのような「確からしさ（Gewißheit）」を与えることができるのだが，それが完成した瞬間にその方法は「尽きてしまう（erschöpft）」。不在なものを存在しているかのように表現したところで，結局，それは存在しているのか存在していないのかわからないからである。だから，「言語＝存在＝旧／芸術＝不在者の表現＝新しさ」として，ここでは常に「新しい方法」を見つけるための不断のイノベーション努力が必要とされるのである。

繰り返しになるが，詩人のパーペンフス・ゴレックもまた，インタビューのなかでこの点について次のように語っている。

> 書くことは，僕にとって無理に抑えこまれた間人間性（Zwischen-

menschlichkeit)。どんな社会形態でも，まさに特定の決まったコミュニケーション習慣があるでしょ。こういうコミュニケーション習慣では，詩人が数千年近く表現しようと頑張ってきたもののほとんどが，表現されていない。だからこそ詩人たちはそれを詩によって試してみるわけだけど，この点でこれはもちろん実際には勝ち目のない戦いだよ，だってこれは達成できない方法だってことは，誰も知ってるし，知っておくべきだし，あるいはほとんどの人が気づいているか，かなりよく知ってることだ。　　(Papenfuß-Gorek 1987:220)

　ここでもまた,「書くこと（Schreiben）」によって表現される決まりきった「コミュニケーション習慣（Konventionen）」と，それによっては表現できないものの差異が指摘されている。「何」を表現するかではなく，(言語によっては）表現されないものが表現されなければならないのであり，そこに文学や芸術に固有の役割があるというわけである。もちろん，彼にとって「詩」の表現は,「勝ち目のない戦い（ein Kampf gegen Windmühlen）」でもある。つまりいくら「言語」にとらわれない表現をしようとしたところで，詩を表現するためには結局のところ「言語」という手段を用いなければならず，絶えず「言語」世界に回収されてしまう宿命にあり，そこから逃れることはできない。しかし，彼にとって，詩には永遠に勝利が訪れないということは，詩作活動をやめさせる契機になるのではなく，むしろ詩作活動を動機づけるように作用している。
　このような芸術の内／外を分けるいくつかのメルクマールを最も総合的に記述しているのはリュックハルトであろう。

　　「その唯一の非科学的な目的は [⋯] ユーモアというものをロジックやリアリティを飛びこえた現実を反映する物差しにまで高める」(ト

> ーツ）ということである。いろんな人たちのユーモアがもつ主観的な状態を気にかけること，それがもつ色のニュアンスやインテリアを気にかけるということが，議論になっている。[…] BRAEGENの読者は，ほとんどが何よりもまずユーモアを追求することに関心（interesse）をもっていた。このことを黙っていることなんてできないんだ。[…] より正確に決定させるような直接的なものは，実際にはBRAEGENには何にも残っていないし，絶えずそこから滑り落ちていく。曖昧であり明確でもあるイメージの世界（bildwelt）のなかでね。このことに読者が，最終的に行き着いたなら，この制限のない可能性が及ぼす領域 […] から何かを感じるだろう。
>
> (Rückhardt 1990:337-338)

　ここでは「ロジック，リアリティ／ユーモア，イメージの世界，制限のない可能性」という二項対立が引かれている。「言語／ユーモア」「リアリティ／イメージ」といった二項図式のあいだで常に新しい可能性を追求することが，芸術という現実とそれ以外の現実とを区別する重要なメルクマールになっている。

　これらの記述を通じて，何が芸術に属するか（システム）は，絶えず何が芸術に属さないか（環境）という対比を通じて，構成されていることがわかる。彼らは自分たちを取り巻く環境とその活動を振り返り反省することで，「内／外」の区別をしながら，芸術内部に固有の判断を再定義しているのである。しかしこの区別そのものが，芸術システム内部でしか通用しないからこそ，「勝ち目のない戦い」なのであり，表現できないものを表現するという矛盾を自ら認めなければならない。

2．政治からの離脱

　芸術の「内／外」の境界線を確立することは，もちろん最終的に政治から距離をとることをも意味する。彼らが当時の政治状況についてどのように考えていたのかについて，彼らのインタビューから，政治的態度の変化について本節では説明することにしたい。

> 自分が意識的に政治的だとは思いもしない．いや，僕の考えはすべて，政治的な土台に乗っかっているような老人たちからは離れて出来上がって，ずっとそれで通してきたんだ [...]。[...] 言葉でもって詩的な転覆（subversiv）をもたらすものを名づけ，書き表し，制作するということ以上のことは僕にはできない。
>
> (Kolbe 1986:118-119)

　コルベがここで述べている「詩的な転覆」とは，一方では政治の「老人たち」からは離れているものの，他方では反体制運動や抵抗運動でもない。その転覆とは，オルタナティブを提示するという自律的な芸術的スタイルの追求にほかならない。

　レオンハルト・ロレックもまた，インタビューのなかで次のように語っている。

> 〔訳注：ロレック〕僕は（そのうちに）構成要素（komponenten）の民主的な相互性に興味をもつようになった。
> 〔訳注：エグモント・ヘッセ〕「民主的な相互性」，政治用語だね。それを用いるどんなシステムでもこの用語は機能していなかった。このことをどのように考えたらいい？

〔訳注：ロレック〕誰にも当てはまる間違いをしちゃってるよ。これまでとは違ったふうにアクセントをおく文学ができる原因は政治的でもあるけど，どうしてそのプロセスを政治的なモデルひとつで語らなくちゃならないんだ？　ひとつの状態，あるいはひとつの現象を得ようとすることには興味がないよ。　　　　　　(Lorek 1985:48)

　ロレックはここで「構成要素の民主的な相互性」に興味をもっていると述べているが，彼がここで指し示していたのは，決して政治的な問題についてではない。実際，質問者であるヘッセは，それが「政治用語」だと切り返すと，彼は文学が成立した原因が政治的であっても，文学の「プロセス」，つまり文学的コミュニケーションの展開は，決して政治では語れないものであると言う。おそらくロレックがここで「民主的な相互性」という言葉で指しているのは，いかなる前提や規範や常識にもとらわれることなく，自由に言葉と言葉（構成要素）を組み合わせる「言葉遊び」であろう。

　当時のアンダーグラウンド文学に実際に関わっていた評論家・雑誌編集者たちもまた，「言葉遊び」に従事するようなアンダーグラウンド文学は，政治とは無関係であったどころか，対抗文化にはならなかったことを以下で述べている。

　　ミヒャエル・トゥーリン：SCHADENは，コミュニケーションが行われ，あるいはたんに何か新しいものを探すための言語実験が行われた場所であったというだけではない。それはとくに対抗文化的なモデルだった。そこから出発点がクリアになった。こっちには，生活（leben）し書くことの言語，――あっちには権力の言説。
　　エグモント・ヘッセ：その出発点は正しいよ，そのころ根本的に変わったものは何もなかった。だけど，権力からの離脱は，対抗文化

的なモデルにはならなかった。[…] 彼〔訳注：ロレック〕に聞いて
みるといいよ，ほとんどの人たちはそんなふうには理解していなか
ったし，実際にはそれ〔訳注：対抗文化的なモデル〕は全く機能して
もいない。当時本能的にそれが望まれていたのかもしれないけど，
今はもうそういう気持ちは消えてる。僕がむしろ望んでいるのは，
もうひとつ別の水準から成り立つコミュニケーションが行われると
いうことなんだ。　　　　　　　　　　　　(Thulin and Hesse 1989:318)

　トゥーリンは，東ドイツのアンダーグラウンド文学の自律的な芸術作
品のなかに「対抗文化的なモデル」を見出そうとするが，それに対し
て，ヘッセは，多くの作家たちはそのようには考えなかったと述べてい
る。彼にとって，この「別の水準」とは，すでに述べた芸術システムに
おけるコミュニケーションにほかならない。
　ヘッセが指摘しているのと同様に，実際に他の作家たちも，望んでい
るのは「抵抗」ではなく，別の「言論空間（Öffentlichkeit）」だったと
以下で述べている。

　　僕たちは，総合芸術も，錬金術も，文学的抵抗（Opposition）のコ
　　レクションも望まない。とにかく望んでいるのは，個々人の言葉を
　　束ね，お互いに向かい合って，一緒に話すことができる別の言論空
　　間（Öffentlichkeit）なのだ。　　　　　(Kolbe, Trolle, Wagner 1988:9)

　東ドイツの政治体制へのいかなる順応も多くの作家たちは望んでいな
かったが，ここで興味深いのは，対抗文化あるいはカウンターカルチャ
ーとして認識されることもまた望んでいなかったのである。ロレックの
言うように，文学が成立するきっかけは政治的な要因が関係していたと
しても，すでに芸術の高度な自律化が達成されている段階では，それが

政治的であるかどうかには全く無関心になり，もっぱら関心の対象は，通常とは異なる，芸術だけで独自に展開されるコミュニケーション空間だったのである。意図やメッセージが曖昧であるという芸術に特有の表現それ自体を（体制側であれ反体制側であれ）政治的な意図から行っていた人間はいるだろう。しかし，1980年代のアンダーグラウンド文学は最終的に，（少なくとも作家たちにとっては）もはや非政治的な表現が政治的であるとみなすことさえできなくなっていた。文学研究者のミヒャエルも，1980年代の東ドイツ文学が「対抗文化（Gegenkultur）」ではなく，「二次文化（zweite Kultur）」だったと指摘している (Michael 1997)。

おわりに

当時の作家たちのインタビューやエッセイのなかでは，「言語」に対する「感情」，「直接的表現」に対する「間接的表現」，「科学」に対する「ユーモア」といったように，芸術の世界とそれ以外の世界との境界線を画定しようという動きが見てとれる。ここでは，直接的なメッセージとしては成立しえない独自の文法をもったコミュニケーション領域と，論理的で明確な対象をもったコミュニケーション領域という2つの世界が対置されている。このように芸術とその環境とを明確に区分しようという試みは，まさに「反省」そのものである。

このような「反省」によって，つまり作家たち自身による芸術／非芸術の境界線の画定によって，政治からの離脱が明確に可能になるのである。このような境界線が，東ドイツ政府という「権力」には影響を受けないコミュニケーション領域を，自分たちの手で確立しなければならなかったがゆえに生じたものであることは改めて言うまでもない。

しかしここで引用した彼らの言説は，西側の読者たちにも向けられている。西側の読者たちのあいだで，アンダーグラウンド文学が「反政治

第 6 章　アンダーグラウンド文学における反省　　133

的」な「対抗文化」であると肯定的に評価されることさえも，作家たちにとっては不本意であったのだ。つまり，政治的に「間違い」と否定されることも，「正しい」と歓迎されることも望まなかったのである。したがって，当事者たちにとってアンダーグラウンド文学は，体制迎合的でもなければ，反体制的でもなかったのである。このような彼らの態度に対して，私たちはどのように分析するべきであろうか。

　第9章で見ていくように，一方では，明らかに東ドイツ政府はアンダーグラウンド文学を自らの体制維持のために利用していた。確かに政府にとって内容そのものは反体制的であり，彼らの存在は危険分子であったので，秘密警察であるシュタージはこの文学運動の関係者を絶えず監視対象においていた。しかし他方では直接的な革命への「扇動」はなかったため，彼らの活動をすぐさま弾圧するのではなく，ガス抜きとして温存しておくという方針をとっていた。こうした事実からすると，政治的に見れば彼らの存在は，反体制にも体制迎合的にも当てはまらないのではなく，むしろその両者に当てはまる。しかしシステム理論にとって，芸術が他のいかなる社会システムの読解にも還元できない独自のコミュニケーション領域を要求・展開することは，体制的でも反体制的でもなく，芸術の自律化にほかならない。

　いずれにしても私たちは，ここで記述してきた内容，すなわち芸術が自律化へと至るプロセスをもう一度整理したい。(1)「芸術意欲」あるいはシステム理論の用語では，「象徴的に一般化されたコミュニケーション・メディア」の成立が，まずもって芸術を独自のコミュニケーション領域として確立させる第一歩である。しかし作品が芸術として成立するためには，(2)「スタイル」が確立されなければならない。これはアンダーグラウンド文学の場合，「言葉遊び」であり，日常的に使われている言語そのものに，意味とは直結しない実験的な加工を施すという技法である。このようなスタイルによって成立した作品は，(3)「組織」

によって評価・流通されなければならない．とりわけアンダーグラウンド文学は，美術館や出版社といった公的組織にほとんど関与せず，もっぱら個人のネットワークによる「グループ」を通じて作品が評価・流通されていたという点で，芸術の高度な自律化を可能にした．最後に，上記（1）から（3）に至る一連の芸術活動に対し，（4）「反省」が加えられることは，芸術の高度な自律化の結果である．このような反省プロセスのなかでは，芸術内部の評価基準や技法が見直されるが，とくにアンダーグラウンド文学に顕著に見られるように，他の社会システムとりわけ政治との関係が再考察されるのである．このような（1）から（4）のプロセスが循環して，初めて芸術の自律化が成立したと見てよいであろう．

　しかしこのような芸術内部の状況では，「なぜ芸術に参与するのか」という本書の問いには充分に答えることはできない．上記のような文学成立の時間的プロセスで見るならば，現実が「つまらない」ものであり，そして創作活動が「おもしろい」ものであるとみなす芸術意欲が，芸術参与の原因となっているように見える．しかし，現実は「つまらない」ゆえに「おもしろさ」としての芸術が要求されるのか，芸術の「おもしろさ」がすでに作家たちのあいだで確立されているがゆえに，現実が「つまらない」ものとして演出されているのかは明らかでない．つまり，芸術システム内部から因果関係を推論するとトートロジーにおちいってしまう．芸術活動がより専門化し，芸術が自律化している状況では，芸術について芸術家が芸術的な視点から語ろうとする行為それ自体が，構造的にトートロジーを引き起こす要因になっているのかもしれない．しかし学術的に見れば，トートロジーはその対象がもつ性質であってもその説明にはならない．この問題を解決するために，以下第3部では，「余暇」と「抑圧」の増大という2つの社会条件を手がかりにして，作家たちの記述には依拠せずに，東ドイツの歴史的・社会的状況から芸術とその環境の違いを分析する．

第 3 部
東ドイツにおける
余暇と抑圧

第3部では，芸術システム外部の環境に注目して，戦後の東ドイツの歴史状況のなかから，いかにして芸術とその外部の差異（Differenz）が生じていくのかを余暇と抑圧という2つの要因から記述する。そのための前段階として，システム理論的なアプローチから東ドイツの全体社会，マクロな社会構造をここでは注記しておくことにしたい。

　社会学者のポラックが指摘しているように，東ドイツは「脱分化（Entdifferenzierung）」の社会である。彼は東ドイツ社会を次の相反する2つの特徴のなかに見ていた。

> 東ドイツの社会構造は，何十年ものあいだ，2つの相反するプロセスによって特徴づけられていた。そのひとつは，東ドイツは工業化の発展した他の社会と同様に，経済，政治，科学，法，芸術，宗教のあいだでの分化プロセスが進行していたため，それぞれの機能システムはますます固有のダイナミズムと自律性を獲得していた。[…] しかし他方で東ドイツでは，政治的に誘導された脱分化のプロセスも進行しており，社会的な部分領域の独自性は破棄されていた。[…] ドイツ社会主義統一党（SED）は，[…] 自分たちの行為を導く社会政治的目標が社会主義建設のなかにあると見ていた。この目標を実現するために，SEDはすべての社会勢力，企業，公共機

関，党，市民の共同作業を必要としていた。　(Pollack 1990:293-294)

　つまり，一方では機能分化が進行していたが，他方では党によってこうした諸機能システムの自律性や独自性は制限または管理されていた。東ドイツ社会を社会システム理論で分析したヘルマンも，ポラックと同様に，東ドイツを機能分化が阻害されていた社会として描いている。彼によれば，「東ドイツの統一政党としての SED と，無限の力をもった管理機関としての国家保安省（シュタージ）は，社会生活をどんな小さな隙間も見逃さずに監視し，機能領域に固有のダイナミズムを度外視し，政治的イデオロギーだけに義務を負うように社会的発展の基本条件を設定した。このことが引き起こした結果は，それぞれの機能に特化されたイノベーション能力が，[…] ほとんど妨げられ続けたということだけでなく，とくに規範からのあらゆる逸脱が危険であると理解され，迫害されることになったということである」(Hellmann 1997:262-263)。

　こうした脱分化，あるいは機能分化の不徹底という彼らの分析は抽象的かもしれないが，例えば日本語の「癒着」の概念はこれに対応した概念であるとみてよいであろう。すなわち癒着とは，政治，財界，官僚，科学，マスメディアなど，それぞれの分離あるいは分化していなければならないはずの組織が同一化してしまっている状態を表しており，システム理論的に言えば，独自の利害関心，独自の目的をもっているはずのシステムが，自律的ではなく他律的に（東ドイツの場合は，SED やシュタージによって）作動してしまう事態を表している。

　このような脱分化社会を私たちは，全体主義社会と呼んでもよいであろう。政治的にみれば，民主主義的というには程遠い社会であり，住民に対する暴力装置はあらゆる場所に準備されていた。しかしヘルドマンが指摘しているように，共産主義支配は，たんに秘密警察やベルリンの壁といった暴力装置によってのみ維持されたのではなく，そこには住民

と体制とのあいだに部分的な合意（Konsens）があった (Heldmann 2004: 28)。彼はアメリカの歴史学者デグラツィアの議論を土台にしながら，ドイツ語の「合意（Konsens）」には，英語における「意見の一致」を意味する consensus と「同意，承諾」を意味する consent の 2 つの意味が込められているが，体制と住民とのあいだに結ばれた合意の多くは，consensus ではなく consent に基づいたものであったと論じている (Heldmann 2004:19-20)。このような共犯関係にあるからこそ，東ドイツの社会を安易に全体主義社会と位置づけてはならないのである。

　東ドイツ社会全体の説明として，脱分化の議論と，consent という合意形成の議論を総合するのなら，次のような日本語の表現が正しいであろう。社会主義政党を介した各社会システム間の「癒着」と，場の空気に支配された暗黙の了解が，独裁国家の正統性を保証し，他方で社会のなかで着実に醸成されつつあった近代社会あるいは機能分化への移行を妨げていたのである。

　第 2 部で述べてきたような芸術の自律化という事態が，そもそも各システムの自律性が一切認められない社会のなかで生まれてきたということを，まずここで最初に述べておくことにしたい。しかしそれにもかかわらず，このような制限を打ち破って，芸術の領域においては自律したシステム形成が追求されることになったのである。このような社会では，自律的な芸術が発生する要因をたんに「近代化」という抽象的な概念によって説明することは適切ではないだろう。以下には「余暇」と「抑圧」という 2 つのキーワードから，東ドイツのアンダーグラウンド文学が成立する条件を考察していきたい。

[第7章]

労働社会における余暇のはじまり

　第3章で確認してきたヴェルバーの議論を前提にするなら，自由時間の増大が芸術の自律化にとっての必要な条件である．労働とは，広義の意味で何らかの目的を実現するための活動である．これに対して，余暇とはこのような目的性には関係しない活動を意味するからだ．機能分化の議論のなかでは，これらの2つの概念は，一方が他方を相互に高めあうポジティブ・フィードバックの関係にあり，つまり労働へと集中すればするほど，労働ではない活動としての余暇活動への欲求が高まってくる．

　このようなヴェルバーの説から予想されるのは，芸術のなかでしばしば描かれる，メッセージのないオルタナティブ，つまりファンタジーや非日常，固定観念を覆す挑発的な表現は，労働に対する反動，あるいは目的的であってはならない余暇活動への欲求を反映したものにほかならないということである．すでに第2部で確認してきたような，アンダーグラウンド文学における言葉遊び，すなわち日常で使用される言語の意味を単純な記号の羅列に還元し，そこに全く無意味な規則性を見出す表現は，娯楽への欲求の高まりを受けて生じてきたものである．あるいは「おもしろさ」のための芸術という彼らの動機づけは，娯楽を専門的に追求しようという姿勢にほかならないのである．

　それゆえ本章では次のことが問われなければならない．すなわち労働

が盛んになればなるほど，余暇への欲求も高まるというポジティブ・フィードバックの関係は，西側社会だけに限らず，東ドイツ社会にも当てはまるのだろうか。このことを明らかにするために，東ドイツにおける労働政策と余暇・消費との関係のあり方について記述していきたい。

1．「労働社会」としての東ドイツ

　ある社会の自由時間または余暇は，その社会の経済状況に影響を受ける。芸術にはしばしばお金に還元できない価値があるという見方がされるが，そのような価値を追求する行為自体が経済発展した社会でなければ不可能である。ルーマンも芸術が経済との相乗効果（Kopplung）のなかで発展してきたことを指摘している (Luhmann 1996b:389)。
　生活必需品を買うだけで手一杯の人々が大半を占める社会では，生存とは直接関係のない非物質的な価値をもった商品の需要はそもそも生まれてこない。またオークションであれ書店であれ匿名の顧客によって取り引きされる市場が存在していなければ，自由な作品制作は困難である。そのような社会で作品をつくろうと思うのなら，宮廷や貴族，富裕層など具体的に顔の見える他者から注文をとらなければならないが，それは常に顧客から作品の内容について干渉を受けるリスクが伴う。それに比べて市場は，売上さえあれば何も口出ししないという意味で，自由な作品制作をより可能にする。さらに社会の産業化・工業化は，所得の向上や市場の拡大以上に，芸術への需要を促す重要な変化をもたらす。このような社会では，「労働時間」という新しい時間枠組みがつくられ，それ以外の時間は「余暇」にカウントされる。そうすると集中して何かをなす時間と，何もしない（ということをする）時間，つまり「労働／余暇」の厳格な二項対立が生まれるようになり，「余暇」は，常に労働「以外」の時間という含意をもつようになる。メッセージがなく何を意

図しているのか曖昧な芸術作品が生みだされる原因は，このような余暇時間の増加にあるというのが，社会学者ヴェルバーの説明である (Werber 1992:64)。

　しかしヴェルバーの議論は，西側社会をモデルとしたものであり，もちろん東ドイツ社会は直接の研究対象に含まれていない。では東ドイツでは実際にどうだったのであろうか。とりわけ東西2つのドイツの社会的状況の違いを考慮するのなら，すでにポラックの理論で参照したように，東ドイツは，機能的には脱分化した社会であり，したがって，必然的に娯楽または芸術・文学に関してもまた，作家も鑑賞者も自らの内的な独自の基準で作品を制作・鑑賞することはできなかったと考えざるを得ない。文学社会学者のレフラーは，一方で自由な時間の増大が読書に大きな影響を与えるという観点から，東ドイツの読書習慣について研究しているが，他方では東ドイツは戦後一貫して「労働社会」であったことも指摘している。エンゲルスのいう「労働は人間生活の根本」，さらにレーニンのいう「社会主義は労働生産性の高さで資本主義に勝利する」という社会主義の教説に従っていただけでなく，敗戦後の物資不足という逼迫した状況のなかでは労働こそが唯一の問題解決方法であった (Löffler 2011:73)。社会主義国として労働は理念的にも重視されていたのみならず，現実的にも労働を最重要としなければならないような切迫した状況が東ドイツにはあったのである。そして，このような労働への集中が，東ドイツという社会においても余暇への希求へとつながっていったのである。

　そこで本節では，東ドイツの経済状況を記述することで，東ドイツの「労働社会」という側面を描き出すことにしたい。そのためにはまず，第二次大戦後の東ドイツに特有の状況から説明されるべきであろう。

戦後の東ドイツをめぐる経済状況

　第二次世界大戦後，ソ連占領下の東ドイツ（Sowjetische Besatzungszone; SBZ）は，何よりもまず極度の貧困状態にあった。このような状況は，西ドイツも同様に経験していたが，東ドイツが西ドイツと決定的に違っていた点は，アメリカからの復興援助（マーシャル・プラン）を受けることができなかったのみならず，さらにそれとは逆にソ連に対する多大な戦後賠償を貨幣ではなく現物で支払わなければならなかったという点にあった。在独ソ連軍政府（Sowjetische Militäradministration in Deutschland; SMAD）からは，「工場撤去（Demontage）」という名目で，1946年までに占領下東ドイツにおける1,000以上の主要産業部門の企業，さらに鉄道線路の第二支線までもが資材として解体・撤去され，いわば戦利品として徴収された。さらに「賠償（Reparation）」の名目では，占領下東ドイツにおける200近い稼働中の主要企業（占領下東ドイツの生産のうち約25％）が「ソ連株式会社」として買収され，その企業の利潤が吸い上げられていった。東ドイツの経済混乱は，第二次大戦の直接的な影響によって生じたのみならず，戦後のソ連からの現物賠償によっても生じた。そのため1946年の占領下東ドイツにおける一人あたりの労働生産高は，1936年の22％しかなく，その生活水準は極めて低かった(Weber H. 2012:12)。占領下東ドイツの生産設備が壊滅的であったという状況に対して，政府は半ば脅迫的に生産設備の回復に尽力しなければならなかった。

　このような経済の危機的状況のなかで，ソ連軍政府（SMAD）の支援を受けながら，ソビエト型中央計画経済モデル導入を進めたのがヴァルター・ウルブリヒトである。彼は1948年に「半年計画」，1949年に「二ヵ年計画」を企画立案して，農場や工場などの「国有化」を進め，さらに1949年夏には党幹部とともにモスクワにいるスターリンを訪問して支持を取り付け，ドイツ社会主義統一党（SED）の第一書記長として1949

年秋に成立したドイツ民主共和国の指導者となった。

1950年7月，ウルブリヒトは書記長に就任すると，第3回SED党大会で第一次五ヵ年計画（1951-1955年）を発表し，1936年時よりも2倍の生産高を達成することを目標に掲げた (Weber H. 2012:29-36)。ウルブリヒトにとって何よりも重要だったのは生産手段の回復であった。こうした経済政策の結果，粗鋼生産は1953年までに1936年時の倍増に成功し，またエネルギー，化学工業なども目標どおりに倍増を達成することができた。しかし他方で消費財に関する産業はほとんど発展しなかった (Weber H. 2012:37)。消費産業が，少なくとも配給制をとらなくても可能になる程度までに成長したのは，ようやく1958年になってからであった (Weber H. 2012:50)。消費産業をおろそかにしたまま重厚長大産業を優遇するというこの姿勢は，戦後復興が安定したあとになっても本質的に変わることはなく，東ドイツの一貫した経済政策となった。

「労働」の超越的・道徳的意味

このような状況について本論でとりわけ取り組まなければならないのは，計画経済体制の経済的合理性の評価ではなく，このような生産力特化社会における「労働」の社会的意味であろう。

東ドイツにおける経済システムは，閉鎖的な自律的システムとしては完全には機能していなかったので，労働の価値は，単なる経済的な価値を超越した，より普遍的な意味をもっていた。このような側面は，東ドイツの企業文化のなかに表れている。まず東ドイツにおいて企業は，「多機能的」な組織 (Bauerkämper 2005:13) であった。企業は，たんに経済行為にのみ専門的に従事するのではなく，住居や休暇を提供する窓口であったり，また多くの託児所や保育園，保養施設，学校を運営したり，余暇のグループ活動やスキルアップ教育を支援したりした。従業員たちは党や労働組合幹部との交渉権までもったし，さらに従業員の「経営共

同体（Kollektiv）」においては，結婚の問題を解決したり，社会復帰の支援を行うことさえもあった (Bauerkämper 2005:13-14)。つまり本来なら政治が担うべき社会福祉や社会保障を実質的に担っていたのは企業のほうであった。だからバウアーケンペアが述べているように，「企業はすでに1950年代には『国家の支店（Filiale）』となっていた [⋯]。それに対して地方自治体は，東ドイツの国家社会主義において行政機関としての意味をもたなかった」(Bauerkämper 2005:13)。

　こうした企業の多機能性から当然帰結されるのは，そこでの労働は，たんに経済活動の範疇を越えて，政治的（社会保障的）意味をもつのみならず，さらに美的・道徳的な意味さえもっていたということである。言説分析から東ドイツの「主体」と「ナショナリズム」の関係を調査しているヘニンクも，この東ドイツにおける労働の価値に注目している。彼女によると，東ドイツの住民も政治家も，戦前および戦中の貧困経験から失業を何よりも恐れているという点では一致していた (Henning 2011:50)。しかし，このような利害は，国家が労働力への関心をもち，労働者が収入に関心をもつという経済的な側面でのみ一致していたのではなく，両者とも労働および職場での「美と喜び（Schönheit und Lust）」に対する強い関心をもっていたという点でも一致していた (Henning 2011:53)。「『労働』という個人的・集団的な価値に依拠することは，作業工程や具体的な仕事とはほとんど関係はなく，むしろ職場は社会的な場所であり，それ自体が社会的本質であるということを認識することに関係していた」(Henning 2011:226)。

　東ドイツ社会にとって労働は，経済システムの管轄領域を超えた普遍的な価値であったために，それはあらゆる人間の価値を包含するものであった。それゆえ，労働が可能であるにもかかわらず労働しない人間は，国家から「asozial（反社会的，非社会的，社会に溶け込めない）」人間 (Weißgerber 2010:66-67) として冷遇されることになった。日本でも

「社会人」とは、一般に会社人であり労働者のことを指すが、これと同様に、東ドイツでも労働＝社会であり、非労働＝非社会というフレームワークが国家によって形成されていた。

ヘニンクが指摘しているように、このような「労働」の価値は、もちろん教育システムにおいても重要視され、ナショナリズムを醸成するための道具としても用いられた。「1950年代半ばには国民教育省は、子供を労働国家（Arbeiternation）の『燃え立つ愛国者（glühende Patrioten）』へと教育する試みに着手した。このことは、『郷土愛のための教育、我々の労働者・農民国家や、その政府とドイツ社会主義統一党への愛のための教育』というものを含んでいた。それとともに愛情、承認、感謝、献身性（Opferbereitschaft）のような家族的感情が、国家や制度、社会へと関連づけるための決まり文句として用いられたのである」(Henning 2011:228)。労働が、家族愛や共同愛と結びつけられ、さらに国家や党への愛情、つまりナショナリズムにも組み込まれていった。

東ドイツという生産に特化した労働社会においては、企業は経済的機能だけでなく様々な社会的機能を引き受ける「多機能」型組織となっており、そして「労働」も、経済システム上の価値を指し示すだけではなく、経済的、家族的、国民的、政治的、道徳的、美的な価値が融合しあった、普遍的で超越的な価値をも体現するものであった。

ではこのような労働社会的状況に対して、実際に住民たちはどのように反応していたのだろうか。この点に関して次に検討することにしたい。

「労働社会」に対する住民たちの反応

すでに述べたように、東ドイツ住民は、戦後の貧困状態から抜けだして経済を安定化させたいという点では、政府・党との利害とも完全に一致していた(Henning 2011:50)。しかし、そのために政府や党が採用した

労働に特別な価値を置く「社会主義」イデオロギーに，住民たちがどれだけ賛同していたのかという点について，ここで簡単に言及しておくことにしたい。

政治学者で民俗学者のヤンセンは，1950年代後半から東ドイツで（西側，とくにアメリカからの）ポップカルチャーが流行した社会的条件について考察するなかで，東ドイツの家族構造を指摘している。彼女によると，戦後，「政治的・経済的・道徳的にドイツが挫折すると，ドイツ人の多くは家族的な価値を見直すようになった。彼らは私的なもの（Private）へと後退（sich zurückziehen）し，新たな政治的・社会的勢力に対しては，信頼しないか冷淡な態度をとった」(Janssen 2010:79)。なぜなら，「毎日を生き抜くための闘争のなかでの唯一の保証」となったのが，家族の「団結や相互扶助」(Janssen 2010:59) だからである。

家族が諸個人に強い影響力をもっているということを SED はおそらく気づいており，以下のようなかたちで家族の影響力を抑えようとした (Janssen 2010:79)。一方では，女性を家事だけでなく，職業に就かせ（1949年に女性の就業率は25.5％であったが1960年には40％にまで増加した），さらにそれだけでなく党や大衆組織に参加させるなどして，女性を家庭から引き離した (Janssen 2010:58)。他方では，女性の就業率増加に伴って，子供たちはますます保育園や託児所の保護下に置かれ，つまり家庭から引き離され，学校ではイデオロギー教育が施されることになった (Jannsen 2010:79)。

しかし，貧困状態にある家庭の子供ほど学校に行く余裕がなかったために，高等教育を受けずに，賃金付きの見習工（Hilfsarbeiter）として企業で働いたので，学校でのイデオロギー教育はほとんど受けなかった (Janssen 2010:79)。また，イデオロギー教育を受けた若者であっても，その授業（歴史，国語，現代社会）で行われるディスカッションは決して自由なものではなく，新聞に書いてある出来事を読んでそのまま党の見

解を真似させるものであったので、むしろ生徒たちは、「このような授業で、後々の人生で国家との衝突を避けておく振る舞い方を学んだ」(Jannsen 2010:62) のである。

　このようなヤンセンの指摘から、次のような労働状況を推測することができるだろう。戦後の貧困状態のなかで労働は、党のイデオロギーを超えて多くの住民たちにとっても必要不可欠なものであったが、貧困から生じた家族への回帰は、政治に対する関心を失わせ、政治に対する冷淡な態度をもたらす原因にもなった。そして貧困ゆえに若者たちの多くも労働しなければならない状況は、教育、とくにイデオロギー教育の影響力を低下させることにもなったのである。別言すれば、戦後の貧困は、一方では「労働」に絶対的な価値を見出す社会主義イデオロギーの政治的正当性を保証したが、他方では戦後の貧困およびドイツの挫折は、社会主義イデオロギーに対する住民たちの無関心（とくに家族または私的生活への回帰）も生んだのである。

　東西どちら側の社会であっても、工業化によって生産力が向上し、労働者の賃金が増大すれば、不可避的に消費に対する需要が生まれるだろう。東ドイツもその例外ではなかったが、その消費需要の高まりの背後には、その固有の歴史状況がもたらす労働に対する住民たちのこのような複雑な反応が顧慮されなければならないだろう。つまり、労働を必要とし、労働を志向した政党を黙認しながらも、そのイデオロギーに対して興味をもてないというのが住民たちの反応なのである。

　次節では、「労働社会」としての東ドイツがどのようにその対極にある「消費」に向き合ったのかについて論じることにしたい。

2．消費の高まりとその抑制

　1950年代以降、党指導部は「社会主義的消費」の概念をプロパガンダ

として用いるようになった。それによると住民は，商品を流行や個人の差異化欲求のために消費するのではなく，実用的で長く使うために「責任ある（verantwortungsvoll）」消費をしなければならず，それに対して西側の消費スタイルは，東ドイツ政府にとって「見せかけ（künstlich）」で，「表面的」なものにすぎなかった (Bauerkämper 2005:20-21)。とはいえ，西ドイツのような美的でオシャレな商品を消費するスタイルを排除するためだけに，党指導部は「社会主義的消費」の概念を用いたわけではなかったであろう。何よりもまず計画経済体制下では，自由市場をもたないために，需要が上回っても即座に価格を上げることができなかったので，需要が高まった場合には需要そのものを抑制しなければならなかったからだ。

「社会主義的消費」の概念は，こうした需要抑制の手段でもあった。だから別の場面では，美的でセンスのある消費が行われるべきだという矛盾した言説も流布していた。ウルブリヒトによると，社会主義が西側より優越しているのは，西ドイツに特有の「ちゃんとしてない実用品，粗悪品」とは異なり，東ドイツの「美しくてセンスがよく，労働する人が喜びをもって買って利用する商品」があるからだ (Mählert 2007:92)。もちろん，ここでウルブリヒトが言っている「美（schön）」や「センスのよさ（geschmackvoll）」というのは，機能的に分化した近代社会における自律的な芸術について述べているのではない。この発言をした1950年代後半の東ドイツの生産性は，西ドイツのわずか3分の1であり (Mählert 2007:92)，ウルブリヒトは東ドイツ製品の質がいつまでたっても西ドイツ製品の質を凌駕することができないという厳然たる事実に直面したときに，自国の製品の「美的」な価値を盛大にアピールすることで，社会主義の正当性を主張しただけである。しかしその美的な価値として考えられていたのは，私たちが想像するようなデザイン性ではなく，せいぜい「働く人間」の利便性に還元されるものにすぎなかった。

ホーネッカーの消費社会主義

それでも1970年代には，個人の自由時間のための余暇が考慮に入れられるようになっていた (Löffler 2011:298)。この変化は，1971年にウルブリヒトがSEDの第一書記長を辞任し，後任にエーリッヒ・ホーネッカーを指名した際の政治的・経済的状況とも密接に関係している。

その原因のひとつは，ウルブリヒトの経済成長に対する執着ぶりにあるだろう。1963年に打ち出した「計画と指導の新経済システム（Neue Ökonomische System der Planung und Leitung; NÖSPL）」構想は，社会主義の理念からも部分的に逸脱するものであった。彼はこの政策で，国有化された企業である人民公社のうち82社に大幅な権限を移譲し，資材・資金調達，海外・国内取引，価格と売上，給与や賞与などに関して，一定の自由裁量を認めた。これにより，経済は順調に成長した (Weber H. 2012:64)。もちろん，依然として生活費は西ドイツより東ドイツのほうが高く，とくに衣服と家具の価格は西ドイツよりも2倍も高かった (Weber H. 2012:65) ものの，図4からも明らかなとおり，自動車や冷蔵庫，テレビなどの家電製品の普及率は1960年代になってようやく顕著に高まりを見せるようになった。

この経済政策は，経済政策としての成功は収めたものの，しかし政治的に新たな対立——ひとつはソ連との対立，もうひとつは党内での対立——を生むことになった。まず第一に，ウルブリヒトはNÖSPLの成功から自信をもつようになり，しだいにソ連に対する絶対的な信奉を解消しようと画策するようになった。1967年の議会でウルブリヒトは，社会主義に対する独自のテーゼを発表して示唆した。それによると，「社会主義」は，マルクスとレーニンが定義したような共産主義社会への移行段階ではなく，「世界規模で資本主義から共産主義へと移行する歴史的な時代における，比較的に独自な社会経済形態」であった (Weber H. 2012:77)。要するにこのような回りくどい言い方でもってウルブリヒト

は，マルクス・レーニン主義という「政治的イデオロギー」との整合性よりも「社会経済」的な問題を重要視する姿勢を表明したのである。この姿勢は，ソ連指導部からも，また SED 党内からも反発を招くことになり，ウルブリヒト解任の動きへと繋がった。ソ連は，東側社会全体への強い影響力を失いたくはないと考えていたので，ウルブリヒトが東ドイツの独自路線を示唆したことを容認することはできなかった (Heydemann 2003:28)。また SED 党内でもホーネッカーを中心に，ウルブリヒトの政策が社会主義の教義（Dogma）に反すると見る勢力がおり，経済改革に対しては否定的であった (Heydemann 2003:75)。

　だからエーリッヒ・ホーネッカーは新たに第一書記長に就任すると，即座に1971年6月の第8回党大会で，社会政策に重点をおくことを発表した。「経済政策と社会政策の両立（Einheit von Wirtschafts- und Sozialpolitik）」というこの政策に含まれているのは，次のとおりである。団地建設の拡充によって住宅条件の改善を図り，最低賃金・最低年金の上昇，女性（とくに子供のいる女性）の労働時間縮小，育児と仕事を両立させるための出産休暇の延長，出産支援，また結婚時における無利子の貸付および優先的な住宅の供給，医療改革などである (Heydemann 2003: 29)。このような政策は，純粋な社会主義的理念への立ち返りと見てはならないだろう。社会政策へと重点をおいたのは，東ドイツの人口減少問題とも関連していた。人口減少は日本のように少子高齢化から起こされた側面もないわけではないが，何よりもその原因となったのは，政府の強権的な姿勢であり，ベルリン暴動（1953年）に対する武力鎮圧から始まり，その後のベルリンの壁建設（1961年）に至るまでのあいだに生じた住民たちの国外流失であった。ウルブリヒトは，相変わらず経済発展を推し進めれば人口問題も解決できると考えていた。これに対してホーネッカーは何よりもまず住民の生活水準を向上させることを優先した。実際，この政策はある程度の功を奏し，出生数を3割近く上げるこ

とに成功した (Fulbrook 2009:173)。この流れのなかで政府は安定した価格の維持による国民生活の向上に重点をおき，国民の消費意欲を高めようとつとめた (Löffler 1999:50)。1950年代には「今日働くぶんだけ，明日も生きられるでしょう」という標語が流布されていたが，この標語は1970年代になると，「今日生きるぶんだけ，明日も働くでしょう」という標語へと変容していった (Kowalczuk 2009:109)。

　ウルブリヒトの生産社会主義からホーネッカーの消費社会主義という変化のなかで，芸術や文学に対する国家の扱い方も変容する。1971年にホーネッカーは，党大会で「もし社会主義の確固たるポジションを前提にするのなら，私の考えでは芸術と文学の領域にタブーはないだろう。このことは，内容的な問題にもスタイルの問題にも該当する」と述べ (Wolle 1999:239)，芸術・文学の自由化を容認しているかのようなパフォーマンスを行った。もちろんこの文化政策は貫徹されず1970年代半ばには頓挫したものの，レフラーは，このような消費社会主義政策が行われたことにより，政治的テーマではなく趣味に関心をもつ若い読者たちの出現を見ている (Löffler 1999:54)。しかし，それでも東ドイツでは物不足と政治的な制約が完全に解消されることはなかったので，娯楽の追求には限界があった。

　この点を東ドイツの統計から確認してみることにしよう。まず図4では，東ドイツの所得の推移を東ドイツの統計年鑑から抜粋した。この表を見ればわかるように，東ドイツの国家財政状況を度外視すれば，東ドイツの住民たちは概ね，戦後から順調に所得を向上させていることがわかる。これに伴って自家用車，冷蔵庫，テレビなど，価格の高い工業製品も順調に普及しており，東ドイツ住民の購買力は高まっている。とくに注目に値するのは，テレビの普及率であり，1980年代には東ドイツの住民たちは平均で全世帯に1台以上のテレビを所有していた。したがって，この統計を見るかぎり，東ドイツの消費社会化はホーネッカーの目

図4：月額給与と技術的消費財の普及状況の推移

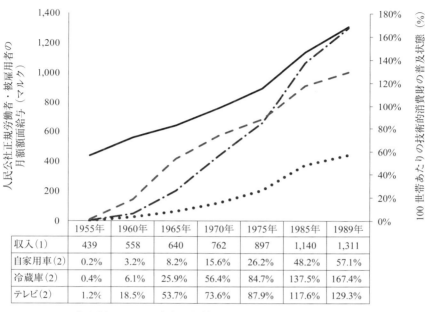

(1) 月額額面給与に関しては (Zentralverwaltung für Statistik der DDR 1991:144) を参照。
(2) 自家用車, 冷蔵車, テレビの100世帯あたりの普及状況に関しては (Zentralverwaltung für Statistik der DDR 1991:325) を参照。

論見どおり成功していたことになる。

　しかし他方で, 東ドイツ政府は, こうした消費欲求のすべてに応えることができなかった, あるいは応えるつもりがなかったということもまた事実であろう。とくにこの点が顕著に表れているのが, 東ドイツの文学にとって関係の深い書籍や雑誌の分野である。以下では, 書籍と雑誌の出版数および発行部数の推移について細かく見ていくことにしたい。この状況から東ドイツの抱える固有の経済状況が明らかになるだろう。

図5：書籍と冊子の出版数（再版含む）の推移

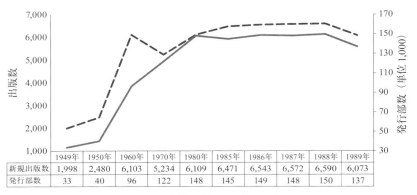

(Zentralverwaltung für Statistik der DDR 1991:350)

まず図5にあるとおり，書籍と冊子の出版数（再版含む）および発行部数は，1950年代から1970年代にかけて成長している。しかし，それに対して，1980年以降の出版数・発行部数を見てみると，その成長が停滞していることがわかる。

また，図6のように，この点は雑誌についても変わらない。雑誌も書籍・冊子と同様に，1980年代になると，雑誌の販売タイトル数・発行部数ともに停滞していることがわかる。ただしこの統計では，1968年までは情報誌も「雑誌」に含められていたが，1968年以降は除外されるようになったので，この点は表を見る際に注意する必要がある。

1980年からその終盤まで続いたこのような停滞は，政府によって意図的に引き起こされたのか，それとも供給システムを改善して需要に応えるだけの財政的な余力がなく，やむを得ず放置しただけなのかについて，ここでは明確に答えることはできない。

表4によれば紙の輸入量は1980年まで重量で計算されていたが，1985年以後は面積という不可解な単位で表されているため，ここから何かを

図6：雑誌生産

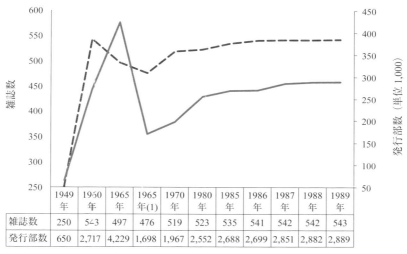

	1949年	1950年	1965年	1965年(1)	1970年	1980年	1985年	1986年	1987年	1988年	1989年
雑誌数	250	543	497	476	519	523	535	541	542	542	543
発行部数	650	2,717	4,229	1,698	1,967	2,552	2,688	2,699	2,851	2,882	2,889

---- 雑誌数　　―― 発行部数

(1)1968年以降，情報誌の特徴があるものについての印刷許可は，雑誌統計には含めていない。1973年以降，週刊誌は雑誌ではなく新聞に数えている。

(Zentralverwaltung für Statistik der DDR 1991:350)

表4：紙輸入量の推移

	1960年	1970年	1980年	1985年	1989年
紙	36.1（千トン）	166.4（千トン）	230.7（千トン）	2977.2（百万㎡）	2674.5（百万㎡）

(Zentralverwaltung für Statistik der DDR 1991:282)

読み取ることは難しい。ただしこの表から，少なくとも1985年から1989年のあいだに東ドイツの紙の輸入量が減少していることだけは明らかである。

しかしこのような紙の供給量が減少している状況は，政府にとって決して憂慮すべき事態ではなかったであろう。実質的な検閲機関として機

能していた「出版・書籍販売中央局（HV Verlage und Buchhandel）」は，出版物のテーマの計画，原稿の査定，印刷許可，そして紙配給の割り当てを主な職務内容としていた (Marschall-Reiser 2012:77)。たとえ出版する内容に印刷許可が下りたとしても，紙の配給が割り当てられなければ出版することはできなかった。そしてレフラーも指摘しているように，SED 指導部にとっては，どう紙の配給をコントロールするかが，出版社の仕事をコントロールする重要な手段のひとつだったのである (Löffler 2011:169)。したがって，生じた需要にすべて応えるかたちで紙を供給することは，政府にとって重要な検閲・統制手段のひとつを失うに等しいことであった。

　他方で，東ドイツは計画経済体制によって生じた物不足という問題にも直面していた。計画経済体制下では価格を自由に設定することができなかったので，商品需要が供給を上回ると，商品価格を上げるよりもむしろ，需要それ自体が制限されなければならなかった (Bauerkämper 2005: 22–23)。

　それを表す最も象徴的な出来事は，1977年に起きた「コーヒー危機」であろう。ヴュンダリッヒがその一連の出来事を細かく論じている。コーヒーの国際価格が急騰し，1975年には1kg あたり16.8ドイツマルクだった価格が，1977年には28.4ドイツマルクにまで上昇したとき，政府は販売価格を引き上げるだけでなく，麦芽などを混ぜた「ミックス・コーヒー（Kaffee-Mix）」を販売させるという方針をとった。しかし，このコーヒーの味は酷かったようで，彼は実際に東ドイツのカフェで婦人たちがコーヒーのまずさに怒り叫び声を上げている状況を目撃したという。この政策は住民たちの不満を呼び，請願書や抗議文を送りつけるという抗議運動が東ドイツ各地で発生することとなった。当初はこの抗議を無視していた政府であるが，結局は代用コーヒーの試みは年内に撤回されることになった (Wünderlich 2003)。「消費をコントロールするという

考えは，[…] 均質化政策（Egalisierungspolitik）の道具だったというだけでなく，計画経済の道具でもあった」(Bauerkämper 2005:21)。しかし購買意欲が住民たちのあいだで高まるなかで，計画経済に見合うように需要そのものを制限するという試みを達成できなかった政府は，その代わりに Intershop や Genex のように西側（とくに西ドイツ）の製品を購入することのできる商店や企業を設立することによって，その解消に乗りだすことになった。しかしこのような政策も結局のところは西側への外貨流出を招くことになり，国家財政を逼迫した (Bauerkämper 2005:24)。東ドイツは消費に関して，いわばがんじがらめになっており，この点からも紙の輸入量を増大させないことが政府の財政基盤のなかでは必要であったと言えるだろう。

このような状況のなかで，出版社自体も1980年代には経済的に疲弊していた。「激しい紙不足にならんで，東ドイツの新聞・雑誌市場では，年を追うごとに巨大な経済的損失が発生するようになっていた。1988年だけで，印刷業界では3.6億マルクもの補助金を提供しなければならなかった。それぞれの新聞の価格は，何年ものあいだ変わることなく，印刷コストと紙コストが高まる状況のなかでは採算がとれないことが明らかになった。[…] 経済的不況は，紙の配給だけに打撃を与えたのではなくて，活版印刷の経営的な生産能力にも影響を与えたのである」(Kuhn 1999:147)。原料（紙）の価格が上がっても，製品の価格は上げられない状況のなかでは，文学にとって必要不可欠な生産基盤である印刷・出版業界もまた，すでに社会的に存続不可能なほどに弱まっていた。

では住民たちのあいだで，どの程度出版物に対する潜在的な需要があったのかについて，ここでは検討してみることにしよう。例えば人気女性ファッション雑誌『Sibylle（ジビュレ）』は，平均で2万部を発行していたが，その需要をすべて満たすことはできないほど人気であったために，普通に店先に行ってもその雑誌が売られているとはわからないよ

うに販売されていた。売り台の下に隠された商品という意味で、この雑誌は「しゃがみ商品（Bückware）」と呼ばれていた(Kuhn 1999:146-147)。このような雑誌の人気の高さを見ると，ファッション雑誌に対しては計画経済では賄いきれないほどに極めて高い需要が生じていたことがわかる。

表5の1985年の東ドイツ住民の生活時間からもこのことを確認してみることにしよう。「自由時間」の項目を見てみると，男女1日あたりの平均自由時間である4時間26分のうち，「読書」に充てられた時間は16

表5：労働者・被雇用者家庭における成人の平均生活時間（1985年）

活動内容	月曜から日曜の週平均			月～金	土・日
	男女	男性	女性		
労働時間	5:30	6:09	4:56	7:19	0:49
非労働時間	18:30	17:51	19:04	16:41	23:11
労働に関する時間（通勤時間含む）	1:00	1:07	0:53	1:19	0:09
家事	2:35	1:33	3:38	2:14	3:27
子供または他の人間の世話	0:25	0:13	0:37	0:24	0:26
身体欲求の満足（食事・身体保全・睡眠）	10:04	9:56	10:13	9:18	12:08
自由時間	4:26	5:02	3:43	3:26	7:01
個人的な教育・学習	0:04	0:04	0:04	0:04	0:04
社会福祉政策活動・共同利用活動	0:11	0:14	0:07	0:10	0:13
文化・スポーツ施設の訪問	0:16	0:19	0:12	0:12	0:26
ラジオ・テレビ放送の受信	1:38	1:53	1:22	1:22	2:21
読書	0:16	0:18	0:14	0:16	0:16
社交・交際活動への参加	0:20	0:19	0:22	0:13	0:39
スポーツ活動，散歩，ハイキング	0:29	0:31	0:27	0:16	1:03
庭作業，動物の世話	0:39	0:52	0:26	0:26	1:16
合計	24:00	24:00	24:00	24:00	24:00

(Zentralverwaltung für Statistik der DDR 1991:325)

分であった。「個人的な教育・学習」に使われた時間はわずか4分であり、東ドイツ政府が当初国民たちに望んでいたように、社会主義建設の未来に向かって自分の自由時間を有意義に使うということはなかった。東ドイツ住民の大半は、余暇時間の多くを「テレビ」や「ラジオ」を見て過ごしたのであり、社会主義発展のための「余暇」という東ドイツ政府および党指導部の考えは、完全に失敗していたことがわかる。

　これらの事実をふまえて、東ドイツは消費社会であったかどうかについてもう一度考察するのなら、一方ではイエスであり、他方ではノーと答えるほかないであろう。消費需要に関していえば、東ドイツでも他の西側社会と同様、戦後まもない頃から一貫して高まっていた。他方で、供給に関していえば、需要に応じて商品価格を上げることのできない計画経済という制約から、これに完全に応えることは不可能であった。つまり娯楽および消費の需要は高まりつつも、それに応える商品・サービスを提供するだけの供給力が東ドイツにはなかったのである。

　このような東ドイツの状況は、アドルノのいう芸術の自律性を考えるうえで特別な材料を提供している。すなわち、アドルノにとって芸術の自律性は、経済（あるいは文化産業）との関わりをもたなくても存在できる場合にのみ可能になる。金銭からの影響を受ける芸術は、イデオロギーに汚染されているのであり、もうそれ自体で自律性は損なわれることになる。しかし、東ドイツの事例を見るかぎりでは、自由な市場経済が存在しなければ、文学に必要な紙の供給まで行えなくなるのであり、芸術家たちは作品制作にあたって多大な制限を受けなければならなかった。これに対してシステム理論的に見るならば、第1章で述べてきたように、戦後の西側社会は、芸術と経済という2つの自律的システムの相乗効果によって両者の固有のダイナミズムを強化してきたと言えるだろう。つまり芸術システムは自らの自律性を高めるために、経済システムと協力するのであり、経済システムは自らの経済的利益のために、芸術

家たちを利用してきたのである。

　市場と芸術の関係についてルーマン自身は，自由な芸術市場の出現により，何よりもパトロンに依存しない匿名の顧客が生まれることが，自律的な芸術システム成立の重要な条件であると見ている (Luhmann 1996b: 391-392)。こうした見方のほうが，東ドイツの当時の状況が，いかに西側社会とは乖離していたのかを正確に記述することができるだろう。当然ながら計画経済体制のもとでは，自由な市場が成立する余地はなかったので，その結果，「紙」は匿名の人間たちの落札によって分配されるのではなく，国家の補助金によって「恩恵 Gnade」として分配される。そうなってくると，国家はかつてのパトロンと同様に，作品の内容に関して介入する権利をもつことになるのである。

　いずれにしても娯楽や消費の需要がありながらそれを供給できなかった東ドイツの経済状況を見るかぎり，芸術の発生要因を西側社会と同様に「娯楽」というモデルだけで説明するのは不充分であろう。本書では，この要因に加えて「社会的抑圧」を説明に加える。この点については，第9章で扱うことにしよう。

　おわりに

　東ドイツ政府は，労働を至上の価値として礼賛する労働社会を推進しており，それによると労働は，たんに生計を立てる経済的行為という意味を超えて，人生の意味を確約するだけでなく，東ドイツ社会全体のアイデンティティと愛国心をも保証するという超越的な意味をもっていた。しかしそれにもかかわらず，あるいはヴェルバーの議論を引き合いに出すなら「それゆえ」に，余暇と娯楽への強い欲求は，緩やかに進行していた経済発展とともにますます高まっていた。

　ウルブリヒトが目指したように，生産者としてのアイデンティティを

住民に植えつける試みは，遅くとも1970年代のホーネッカーの時代にはもはや完全に失敗に終わっていた。党の公式理念に照らし合わせるなら，余暇時間は教養活動に使われるべきであったが，実際の余暇調査から明らかになったように，住民たちの大部分は，テレビやラジオという娯楽活動をして過ごしたのであり，教養活動にはほとんど携わらなかった。東ドイツが全体主義社会であったとしても，住民の娯楽欲求を完全に押さえつけることはできなかった。

しかし需要が高まった場合に，価格調整が働かない経済制度のもとでは，政府は労働社会としての規範を訴えたり，商品の質それ自体を低下させることで，需要そのものを直接抑制しなければならなくなるが，この抑制策は住民の怒りを買うことになる。1977年のコーヒー危機に代表されるように，住民にとって贅沢品であり，趣味でもあったコーヒーの供給が困難になると，住民たちは怒りを露わにした。もちろんその方法はデモによる直接的な抗議ではなく，「お上（Obrigkeit）」の体面をあくまでも尊重したうえでの文面による抗議ではあったが，この抗議活動は政府の決定を覆すまでに至った。

この方針転換は，消費への関心がいかに高まっていたかを示している。余暇や娯楽への欲求は，部分的にであるにせよ共産主義イデオロギーの変更を迫らせるほどに強力であったのだ。それゆえ政府にとって住民たちの消費欲求は，規制・抑制の対象であると同時に，妥協の対象でもあるという矛盾が，1970年代以降の東ドイツの歴史に常につきまとうことになる。

第3部冒頭で紹介したヘルドマンが，東ドイツ社会を全体主義社会として見るのに否定的だったのは，そこには体制と住民のなかでの「了解（consent）」が成立していた可能性があるからである。彼によれば，この了解の内実こそ「消費」にほかならない (Heldmann 2004)。住民たちのあいだで暗黙に共有されている強い娯楽や消費の欲求を前にして，政府

は抑制・弾圧と妥協のあいだで絶えず揺れ動いていたのである。

　しかしこのことは決して，全体主義的な暴力装置の使用を断念したことを意味するのではなく，消費や余暇への関心が政治的な関心に結びついたときの制裁手段は，絶えず準備されていた。

　次の章では，東ドイツの住民たちが実際に行ってきた抗議運動を見ながら，余暇と抑圧とのあいだの揺れ動きを記述することにしたい。

[第8章]

余暇と芸術の要求運動

　東ドイツの歴史は，圧政を敷く独裁者とそれに激しく抵抗する市民という対立の歴史である，とおそらく私たちは想定してしまいがちであるが，東ドイツ抵抗運動の歴史を見てみると，実際には私たちが想像するよりも抗議運動は少なかったことがうかがえる。システム理論の研究者であるポラックは，むしろなぜ東ドイツでは抗議運動が少なかったのかについて論考している (Pollack 1997:305)。「東ドイツは，画一化・均質化・脱分化した社会であり，まさにそれゆえに，このような社会では，プロテストやレジスタンス，または体制批判者をほとんど認識できない」(Pollack 1997:8)。つまり脱分化した東ドイツ社会は，全体主義社会という概念が想像させるほどには住民に直接の脅威を与えてはいなかった。ヘルドマンの議論に沿うなら，政府と市民のあいだで消費を媒介にして了解（consent）が取り交わされていたためであると言えよう。政治的な不公正は，機能分化社会であれば政治的な糾弾の対象になるが，脱分化社会においてはそのような不公正は，経済的な恩恵によって埋め合わせることもできたため（前章で記述したコーヒー危機での方針転換がそうである），プロテストは起こりにくいと言える。

　もちろん，東ドイツにも歴史的に特筆すべき暴動やデモがあるものの，そうしたプロテストは，ポラックが以下に指摘しているように，東ドイツと同じような状況にあった東欧諸国とは次の点で異なっていた。

「1956年のハンガリー動乱や，1968年のチェコスロバキアにおけるプラハの春のときとは違って，東ドイツにおける大衆のプロテストには知識人や組織の先導がなく，プロテストは自然発生的に成立した。[…] 大衆は指導者を必要とはしなかった。我慢ならないと感じられた状況にあっても，皆の不満は明確なアドレスをもたなかった」(Pollack 1997:311-313)。つまり人々は具体的な理由をもって政府に抗議したのではなく，感情的な怒りを噴出させただけであったので，いつもそれは突発的または「自然発生的（spontan）」に生じたのである。なぜこのような突発的な感情が生じるのだろうか。生存の危機が脅かされるほどには生活が切迫していなかったこと，そして他の民主主義国とは異なり，抗議運動のための市民活動が禁止されていたこと，つまりデモの経験に乏しかったことなどが抗議運動を抑えこむ要因として作用していたと言えよう。このために明確な目的や組織をもった運動は起こりづらく，突発的で感情的な様相を呈することになったのである。

1．労働ノルマ増大への抗議——1953年6月17日暴動

　東ドイツ社会におけるプロテストの状況をこのように概観したうえで，東ドイツのプロテストの歴史を以下では記述することにしたい。

　東ドイツにおいて最初に明白なかたちで政府に対する不満が噴出したのは，1953年6月17日暴動（通称：東ベルリン暴動）であった。その直接の原因は，その前々日に東ベルリンの建設労働者たちが10％給与削減（同じ給与をもらうのに10％の労働量増大）をもたらす「労働ノルマ」に抗議したことにあった。しかし，翌16日に，自由ドイツ労働組合同盟（Freier Deutscher Gewerkschaftsbund; FDGB）が，労働ノルマの撤回はできないと回答すると，ベルリン市内のスターリン通りにおいて，700人の労働者たちがデモンストレーションを決行した。在独ソ連軍の介入を

恐れたドイツ社会主義統一党（SED）は，即座に（同16日のうちに）ラジオで労働ノルマの撤回を発表したが，この対応はすでに遅いものであった。さらに多くの住民たちが東ベルリンの街頭に集結しはじめ，翌17日になっても，怒りを静めるどころか，むしろますます政府に無理難題な要求（自由選挙とドイツの再統一の要求）を突きつけていった (Fricke 2003:9-10)。これは事実上の政府転覆の要求であり，これは当時のSEDにとっても，またソ連にとっても絶対に受け入れることのできないものであった。それにもかかわらずデモンストレーションは加速していき，ハレやマグデブルク，ドレスデン，ライプツィヒなど全国に拡大していった。

　もはや東ドイツの人民警察ではデモを沈静化することができなくなったことがわかると，同17日昼前，最終的にソ連の戦車部隊がベルリン市内に進軍して鎮圧にあたることになった (Ciesla, Hertle and Wahl 2013)。東ドイツの住民に対するソ連軍の介入は容赦のないものであり，多くの犠牲者を出すことになった。実際にこの暴動で何人の死傷者が出たのかはいまだに明らかになっていないものの，2004年の調査では確認可能な人数で合計55人の死者を出したとされている (Ahrberg, Hollitzer, and Hertle 2013)。また，有罪判決を受けた人数も定かではないものの，2003年時点の調査によると，1526人が有罪判決を受け，このうち2人の被告が死刑，3人の被告が終身刑を受けたことが確認されており，少なくとも1600人が有罪判決を受けたと見られている (Fricke 2003:6)。戦車部隊の出動とその後の多大な犠牲者数，こうした事実は，もはやそれがある種の戦争状態にあったことを意味していた。歴史家のラウファーは次のように評価している。「ソ連がいなければ，ヴァルター・ウルブリヒトとSEDは1953年6月17日に哀れにも零落していただろう。［…］ロシア人たちは1953年6月17日にもう一度再びドイツの勝者となったのである」(Laufer 2003:25)。

このデモの結果は，住民たちの意図とはかけ離れたものになり，ほとんど失敗であった。まずこのデモのあとソ連の東ドイツに対する影響力は増大することになった。このデモが始まる直前，1953年3月5日にスターリンが死去して以降，スターリン批判を画策していたソ連は，今後も東ドイツに対する影響力を維持し続けるのか，一定の条件のもとで東ドイツへの介入を手放すべきかどうかについて考えあぐねていた。しかし，6月17日の暴動によってこの迷いは払拭され，むしろソ連駐留部隊の強化が決定される (Lemke 2003:11)。

さらにこの事件は，東ドイツ国家の正当性を根本的に損ねるものであった。労働者階級の独裁を謳っていたにもかかわらず，いざその労働者たちからの激烈な抗議に直面すると，それに対応することがほとんどできなかったからだ。さらにこれまで東ドイツは「反ファシズム的・民主主義的」な国家を自認しており，それが西ドイツのオルタナティブとなると考えていたが，民主主義という要求に対して戦車という回答を与えたことにより，このような理想的な国家観は全く成り立たないものとなった (Lemke 2003:13)。そして何よりもデモ参加者は，政府の逮捕による報復を恐れて，西ドイツへと亡命するようになった。しかもSEDは当時この流れを止めようとはしなかった。なぜなら，住民たちの亡命は，潜在的な反体制勢力を減少させることを意味していたので，政府にとってはむしろ好都合であった (Lemke 2003:14) からである。

東ドイツの歴史を揺るがす大事件になったにもかかわらず，党も政府もどうしてこの暴動が生じたのかについて全く分析することができず，この暴動の原因を西側のプロパガンダによる扇動としか理解することができなかった。党は暴動以降，商品販売価格の値下げと生活水準の向上を目指し，間接的なかたちで住民たちの抗議を受け入れはした。しかし，それでも政府と党は，どんな場合にもいかなる過ちも犯すことはないという無謬性原則を崩すことはなかった。いわば脱分化した社会のな

かでは，彼らは社会の全領域を代表する審級（Instanz）であったので，この原則を崩すような行動は絶対に認められなかった。

　この点をシステム理論的に解釈すれば，次のように説明することができるであろう。政府も党も，あらゆる社会領域での行動をすべて「社会主義的／反社会主義的」のコードのいずれかに振り分け，そしてネガティブコード（反社会主義的）を割り当てた人々をそのまま「敵」として理解した。このことによって政府批判は，当該政治システム内部のなかに導入されずに，政治システムの外部へと帰属される。つまり，西側（外部）の資本主義的・帝国主義的なプロパガンダによる扇動であると理解されるのである。

　しかしこのような読解が行われるかぎり，政府と住民たちのあいだの政治的な調整はいつでも不十分なかたちでしか機能しなくなる。ひとたび変異（Variation），つまりプロテストやデモンストレーションが起こると，それは全体社会に対する否定として理解されるので，その変異を検証したり，受け入れたりすることができずに，自動的に弾圧または排除しなければならなかったからである。この側面は，明らかに東ドイツ政府と党（SED）の一貫した社会全体に対する理解構造をなしており，これに基づいて発生する政治的圧政は，彼らの基本的な行動原理であった。

　政府や党が全体社会の審級として機能しており，彼らが間違いを起こすことは絶対にないと信じる素振りを住民たちが明確に見せていたのなら，SEDは住民たちの要求を素直に受け入れたことであろう。SEDは，すでに労働ノルマの増大を決定できたのだし，住民の生活水準向上に尽力することも「新方針」のなかで発表することができたのだし，何よりもソ連からの要望もあって，党内でもこれまでのスターリニズム的手法に対する批判が高まっていた。このような状況は日本語でいう「メンツ」や「体面」の概念を使って説明することができるだろう。つまり，

政府とSEDの「メンツ」や「体面」をつぶさなければ、彼らは暴力なしで批判を、正確にいえば住民からの「お願い」を聞くことができたかもしれなかったのである。

　いずれにしても、住民による暴動は失敗に終わり、こうして1953年6月17日暴動のような早急な政府転覆運動は、1961年のベルリンの壁建設の頃には消えていった (Kowalczuk 2005)。政府にとってその運動はもはや脅威ではなくなっていた (Eckert 2008:12)。その後1968年、ソ連軍を中心にワルシャワ条約機構軍が、「プラハの春」とチェコスロバキアの改革運動に軍事介入したことに対し東ドイツ全土で抗議運動が起こったが、これも相次いで逮捕され、抗議の意思をもっていた人々は国外への逃亡へと移っていった (Eckert 2008:12)。

　このような傾向のなかに、東ドイツのプロテストに見られる固有の構造がはっきりと表れている。すなわち、すぐ隣にもうひとつの別のドイツがあったため、成功のあてのない抵抗運動を貫徹するよりも、西ドイツに移住するほうが住民たちにとってはるかに現実的な選択肢となったのである。「もうひとつのドイツ」の存在が、社会や政府に対して抵抗するよりも見切りをつける状況を生みだしていた。こうして1989年の革命まで、つまり東ドイツの終焉まで、世間（両ドイツの住民）に注目を浴びるような反体制デモは消失した。これがなぜ東ドイツの人々はプロテストをしないのかを示す理由のひとつであろう。

2．娯楽要求としての "All you need is beat"
　　　——ライプツィヒ・ビートデモ

　1953年の6月17日暴動のあと早急な政府転覆を求めるような抗議活動が行われることはなかったが、だからといってそのあいだに住民たちのデモンストレーションが全く生じなかったわけではなかった。

第 8 章　余暇と芸術の要求運動　*169*

　1965年，東ベルリン暴動に匹敵するほどの巨大なデモンストレーションがライプツィヒで発生した。このデモの中心的な担い手は，6 月17日暴動のときとは違って，労働者ではなく若者たちであった。彼らの要求は，過酷な労働ノルマの撤回や，ドイツ再統一のための自由選挙ではなく，音楽活動であった。

　東ドイツにおける音楽需要の高まりは，すでに1950年代から生じていた。SED はこうした需要の高まりを感知しており，そうした活動の場を提供する政策をとったものの，「社会主義的」であるべきだというイデオロギーを音楽にも適用しようとしたために，ほとんどの鑑賞者を満足させることにならなかった。例えば，1951年には企業において「リクエスト・コンサート（Wunschkonzerte）」が導入されたが，企業の活動報告なども同時に行われ，さらに演奏された曲のうち，5 分の 4 が「労働歌（Arbeiterlieder）」や「闘争歌（Kampflieder）」であり，残りの 5 分の 1 がオペラであった。SED は「軽音楽（U-Musik; Unterhaltungsmusik; 娯楽音楽）」よりも「クラシック音楽（E-Musik; ernste Musik; まじめな音楽）」のほうを重要視していたためである。しかしながら，このような音楽活動に対して鑑賞者が関心をもつことはなかった (Könne 2011:183)。

　ラジオでは 1953年 6 月17日暴動があったその年以降，比較的娯楽に指向した番組が放送されるようになった。「ポピュラーソング・レビュー（Schlagerrevue）」という番組（1953年に「ポピュラーソング抽選（Schlagerlotterie）」として始まり，58年に改称）では，人気のあるポピュラーソング，音楽家，作曲家が紹介され，番組の終わりにはリスナーの投書により選ばれた「今月のポピュラーソング（Schlager des Monats)」が放送されるため，住民たちのあいだで有名であった。しかし例えば，女の子からキスを奪い，「僕は世界でいちばん嬉しい盗賊（Ich bin der fröhliche Räuber der Welt)」と喜ぶ歌が放送されると，東ドイツには盗賊はいないし，社会主義においては女性からキスを奪ってはいけ

ないとして放送禁止になるというようなこともあり，娯楽音楽に対する党の態度は冷淡であり続けた (Könne 2011:184)。東ドイツの音楽は，「おもしろい」が同時にかつ「社会主義的」でなければならないという，2つの異なる機能を完全に調和させなければならなかったわけである。若者たちはすっかり愛想をつかし，西側のラジオ番組から流行の音楽を聞くようになっていった。とくに海外から東ドイツに音楽を提供したのは，AFN（American Forces Network），ラジオ・ルクセンブルク（Radio Luxemburg），RIAS（Rundfunk im amerikanischen Sektor；アメリカ地区セクター放送）などであった (Liebing 2005:19)。各放送局の概要を簡単に説明しておくと，AFN は，海外に駐留する米軍兵士のために設立された放送局である。またラジオ・ルクセンブルクは，1930年代から開局していた民間放送局であり，ドイツに向けてのみならず，戦後になっても BBC の独占状態にあったイギリスに対してもポップミュージックの番組を放送していた。RIAS は，西ベルリンに戦後設立された放送局である。

1961年にベルリンの壁が建設され，東西ドイツの物理移動が遮断されると，今度は東ドイツ住民たちのあいだで「内なる亡命（die innere Auswanderung）」が始まった。東ドイツに居ながらにして心は西側諸国に奪われ，西側のファッションや娯楽音楽，ライフスタイルへの強い憧れが住民たちのあいだで生じるようになったのである (Pollack 1997:308)。ポラックが指摘しているように，壁建設は東ドイツ体制への表面的な順応と西側文化への憧れを同時にもたらしたのである。

このような状況のなかで1960年代には，イギリスのロックバンド「ザ・ビートルズ」が東ドイツでも流行し，それに影響を受けた若いアマチュアバンドが活動するようになった。こうした活動はさしあたり違法ではなく，彼らの音楽は，ラジオ番組「DT 64」でも放送されるほど全国に広がっていた (Weißgerber 2010:76)。もちろん政府はこの動きを警

第 8 章　余暇と芸術の要求運動　　*171*

戒して監視していた。秘密警察であるシュタージにとって,「『うわついた音楽』（西側音楽）を携帯ラジオで聞くこと」,「ビートルズの髪型」,「『調和のない無理な姿勢』での踊り」,「西側ファッション（ジーンズ,ベルボトム）」,「西側の思想・イデオロギー」は,「ネガティブで退廃的（dekadent）」であり,監視の対象であった (Liebing 2005)。

　しかしその流行がますます広まっていくなかで,SEDの党機関紙である「ノイエス・ドイチュラント（新ドイツ）」は,1965年になると,次のような声明を発表する。「ビートのリズムを過度に高めることによって若者を乱行へと扇動するために,敵がこのようなタイプの音楽を利用し尽くしているということが見落とされていた。そのような音楽が若者の考えと行動とに与える有害な影響が,大雑把に支持されてきた。[…]その退廃的（dekadent）な動きには終始一貫断固として闘わなければならない」(Weißgerber 2010:78)。

　ビートルズおよびロック音楽の文化的影響力が警戒されるなか,1965年10月,SEDのライプツィヒ県指導部は,すべてのビートグループの活動の禁止を発表した。若いファンたちはこの禁止決議に反発し,町中でビラをばらまいて,ライプツィヒ市内のヴィルヘルム・ロイシュナー広場での抗議デモを呼びかけた。10月31日,呼びかけに応じた2,500人が広場に集まってデモが決行された。デモは暴力なしで平和に行われ,すぐ解散する予定であったが,これに対して警官たちは犬,放水,銃剣などを備えて出動し,デモ参加者の267人を逮捕した。このうち97人が裁判所の判断なくして「再教育（Umerziehung）」という名の強制労働を課されることになった (Weißgerber 2010:76-77)。

　このようなロック音楽に対する党の理解を見てみると,ここでも6月17日暴動と同様に,「社会主義的／反社会主義的」というコードから読み込もうという党の姿勢がうかがえる。しかし,6月17日暴動のときと明確に異なるのは,そのコードが,たんに政治的・経済的不満表明に

対してだけでなく，文化領域に対しても適用されたという点である。もちろん，戦後まもなくソ連軍が東ドイツを統治していた頃からすでに文化領域に対しても政治イデオロギーがチェックされてはいた。しかし音楽や芸術のようにメッセージが不明確であり，イデオロギーを判定するのが構造的に困難な領域においても，こうしたコードが適用され，音楽を愛好するファンたちに対して，警察が公然と武力弾圧したのは初めてのことである。

　本論の観点では，このような一連の政府による行為の帰結は次のような点にあったと見ることができるであろう。時代によって異なるとはいえ，芸術作品は，おおよそメッセージが曖昧にならざるを得ないという構造をもっている。こうした構造のなかでの伝達行為（芸術作品）に対して，社会主義／反社会主義のいずれかのメッセージを読み込もうとすると，住民（音楽ファン）たちはますます「社会主義」が何を意味するのかわからなくなってくる。さらに体制側も，いかようにも解釈可能なその領域に対する姿勢は全く一貫していない。現にビートルズに影響を受けたアマチュアバンドの音楽も，当初は東ドイツのラジオで放送できるほどに容認されていたにもかかわらず，突然，党からの批判を受けて，ライプツィヒ県では活動禁止が決議されることになったのである。

　しかしロック以上に，ジャズをめぐる事情はもっと複雑だった。1955年の雑誌『音楽と社会』においては，ジャズはアメリカに由来する「不純で，幼稚で，いかがわしくエロティックな退廃現象」とされていたが，1960年代になると，いつの間にか「ジャズは，東ドイツの社会主義的音楽文化を構成する要素」であり，「社会主義的な生き方の発展に貢献する」とみなされるようになったのである(Schröder 2009)。SEDの文化政策は，いつでもこのように全く一貫性のない許可と禁止の繰り返しであった。

　ここで一度，東ドイツのプロテストという文脈から1965年のライプツ

ィヒ・ビートデモの意味について記述しておく必要があるだろう。このデモは極めて散発的に行われ，即座に鎮圧されたとはいえ，1953年6月17日暴動以来，「最も激しい無許可のデモンストレーション」(Weißgerber 2010:77) であった。両者の要求を比較してみると，1953年の暴動は，生活水準の向上や自由選挙の実施であったのに対して，1965年のデモは，音楽の自由であった。10年ほどの期間のうちに，政治的・経済的な要求から，芸術的・文化的な要求へとデモンストレーションの内容は大きく様変わりしたのである。1965年のライプツィヒのデモでは，当時の若者たちは音楽のためのデモンストレーションを，当局から報復を受ける高いリスクがあったにもかかわらず実施した。この時代にはすでに，音楽なしには生きてゆけない世代が部分的にではあるものの誕生していた。デモをするに至るような芸術への強い要求は，東ドイツにおける消費社会の到来を示している。1958年に配給制が廃止されて以降，着実に住民たちの生活水準が向上しており，物質的な満足以上のものへの高い需要が生まれていたと考えることができるだろう。

　このように1953年6月17日暴動と，1965年ライプツィヒ・デモとを比較し，両者の差異について記述したうえで，両者の共通点についても指摘しておくことにしたい。1953年の暴動の主体は労働者（とくに建設労働者）たちであり，1965年のデモの主体は若者たち（音楽ファン，つまり芸術の鑑賞者たち）であった。両者に共通するのは，知識人（少なくとも学術や芸術などの社会領域において伝達・制作する人たち）の関与がほとんどなかったということである。初めて知識人（作家）がプロテストを行ったのは，1976年になってからのことであった。以下では知識人のプロテストについて記述することにしたい。

3．芸術家たちのプロテスト——ビーアマン事件

　1976年11月16日，西ドイツ・ケルンのメタルコンサートに参加していたシンガー・ソングライターのヴォルフ・ビーアマンが，国籍法違反で国外追放されるという，通称ビーアマン事件が起こった。国外追放の原因は，彼がケルンの地で，コンサートだけでなく東ドイツの状況に対する批判を行ったことで，「国民の義務を不作法にも違反」したとしてSEDの怒りを買ったためであった (Bispinck 2012:616)。しかし，これは表向きの理由であり，シュタージと文学との関係を調査しているヴァルターによると，シュタージのHA XX（Hauptverwaltung XX; 第20本部）は次のように報告している。「ビーアマンは，東ドイツ国内での関係や活動よりも，西側のマスメディアと機関紙で恒常的に高く評価され，絶え間なく大げさに取り上げられており，政治作戦上の関心をもっている」(Walther 1996:183)。シュタージにとって問題だったのは，その発言内容よりも，ビーアマンの西側との関係性であった。たまたま彼がケルンでコンサートに招待されたことをよい機会と捉えて国外追放処分にしたのである。しかし，もちろんこうした事情は当時の東ドイツ住民には知らされておらず，もっぱら唐突な発表だけが大きく取り上げられることになった。

　この事件で初めて，作家や学者などの知識人が政府に対して公に共同署名つきの文書で抗議した (Wolle 1999:243)。翌11月17日，最初の抗議文書を提案したのは，作家のシュテファン・ハイムで，彼の草案に対して合計で12人の作家たちが賛同の署名をした。署名者は次のとおり，ザラ・キルシュ（1935-2013），クリスタ・ヴォルフ（1929-2011），フォルカー・ブラウン（1939- ），フランツ・フューマン（1922-1984），シュテファン・ヘルムリン（1915-1997），シュテファン・ハイム（1913-

第8章　余暇と芸術の要求運動　　*175*

2001），ギュンター・クネルト（1929-　），ハイナー・ミュラー（1929-1995），ロルフ・シュナイダー（1932-　），ゲルハルト・ヴォルフ（1928-　），ユレク・ベッカー（1937-1997），エーリヒ・アレント（1903-1984）の12人の作家，および彫刻家のフリッツ・クレマー（1906-1993）の計13名である (Berbig and Karlson 1994:70-71)。これらの抗議署名者の世代を見てみると，1950～60年代生まれが中心となった1980年代のアンダーグラウンド作家たちとは異なり，1920年代生まれを中心とした先輩作家たちであり，彼らのほとんどは東ドイツのみならず西ドイツでも名の知られた有名作家であった。

　それゆえ，この事件はすぐに西ドイツのメディアにも取り上げられ，同17日の19時には，西ドイツのメディアは相次いでこの事件を放送した。WDR（Westdeutscher Rundfunk；西部ドイツ放送）は，予定していた3つの番組を変更し，ビーアマンが参加したケルン・コンサートの一部を2時間にわたって放送した (Born 1994:62)。東ドイツ国内でも，この抗議文書は他の作家たちに反響を呼び，結果的に94人の作家たちの支持を得ることになった（同17日に26人，18日に24人，19日に33人，20日に5人，21日に6人の作家たちが抗議文書に賛同）(Berbig and Karlson 1994:70-71)。100人近い作家たちがプロテストに加わったことがわかると，西ドイツのARD（Arbeitsgemeinschaft der öffentlich-rechtlichen Rundfunkanstalten der Bundesrepublik Deutschland；ドイツ連邦共和国公共放送局連合）は，19日の晩に予定していた番組を変更し，6日前に行われたケルン・コンサートの様子をすべて放送した。

　ビーアマンの国籍剥奪決議に対する抗議の内容は次のようなものであった。

　　ヴォルフ・ビーアマンは，不愉快な詩人でしたし，いまもそうです。
　　[…] マルクスの『ブリュメール18日』にある，プロレタリア革命は

> 絶えず自己批判をするという言葉を肝に命じれば，我らが社会主義国家は，時代遅れの社会形態とは違って，そのような不愉快さを冷静に熟慮しながら耐えることができるようでなければならないことでしょう。私たちは，ビーアマンのどんな言動にも賛成していませんし，ビーアマン事件を悪用しようというつもりもありません。ビーアマン自身が，ケルンでなくても，2つの国家のうちどちらを支持しているかということに疑いはありませんでした。私たちがプロテストするのは国籍剥奪についてであり，その決議をもう一度再考するようお願い申し上げます。
> (Emmerich 2009:254)

この文面が示しているように，知識人たちの初めての公式な抗議は，極めて控えめなものであった。東ドイツ文学研究者のエメリヒによれば，この抗議文は社会主義批判と社会主義の信仰告白，拒否と忠誠，「プロテスト」と「お願い（Bitten）」が混在していた (Emmerich 2009: 254)。おそらく知識人たちは，6月17日暴動の節で言及したように，政府が固執する「メンツ」の構造を完全に理解していた。少なくとも6月17日暴動のような遠慮のない率直な抗議の表明は，全く効果のないものであることを彼らは理解していたからこそ，「抗議」と「お願い」が文章のなかで奇妙に混在していたのである。この控えめな文体は，SEDや党指導部の「メンツ」を傷つけずに抗議を伝達するための戦略であったといえる。

この文章を書いたシュテファン・ハイムは，「要求します（fordern）」を使うつもりであったが，署名人のひとり（フリッツ・クレマー）から「お願いします（bitten）」の動詞を使うように勧められ，書き換えたという (Berbig and Karlson 1994:13)。一方では抗議文を発表しながら，他方で知識人たちは，政府の顔色をいちいち考慮することなしには発言できない状況にあったことがわかる。この事件が起きたときには，すでに政

治と知（学問や芸術）とのあいだには，密接な関係，あるいは癒着が生じていたのである。知識人たちが初めて政府に対するプロテストを公に行ったのが1976年であったことは，1953年には労働者たちの大規模なプロテストが起こっていたという事実を勘案すると，あまりにも遅すぎるという印象をもたざるを得ない。なぜこのような事態が生じたのかについては，知識人と権力との関係のなかで改めて言及されなければならないが，この点については第9章で言及する。

　この事件もまた，SED の文化政策に特徴的な非一貫性のもとで進行した。作家たちはその密接な関係にもかかわらず，党が何を考えているのかほとんど理解していなかったし，体制側も作家たちの反応を全く予期していなかった。作家のユレク・ベッカーはこのことを西ドイツの新聞『シュピーゲル』に書いている。「ある国の住民たちには，どのような発言をすると国籍剥奪がもたらされうるのか，正確に伝えられなければならない。つまり，明確に見える標識がなければならないのである」(Berbig & Karlson 1994:19)。この事件について研究しているボルンによると，最初に抗議した13人の作家たち自身は，この「意図せず組織もされないで抗議運動が自然発生的に起こったことを［…］あまり考慮にいれていなかった」。ユレク・ベッカーによると「ドイツ学の学生が私のところに来て，ビーアマン事件で何をしたのかと尋ねた。『作家たちは決議文を作った。それでおしまい』と私は彼に答えた」(Born 1994:45)。

　他方で，政府は，この事件が作家たちから大きな反感を買うことを予想していなかった (Born 1994:45)。ビーアマン事件よりも，ビーアマン事件に対するプロテストのほうが政府にとっては驚きだったのである。東ドイツの作家たちによるプロテストの重大さに気がついた西ドイツのARD が大々的にビーアマンについて放送した11月19日の段階でも，いまだに政治局（東ドイツの最高指導部）は，その議事録に国内のプロテストについては取り上げていなかった。このことからボルンは，SED 指

導部が，国内のプロテストをほとんど予期していなかったと結論づけている (Born 1994:62-64)。こうした事実からもわかるように，この事件は，ある種の伝言ゲームのような性格のもとで，双方の意図の食い違い，思い違いが解消されないままに進行していった。

なぜ食い違いが進行していったのかについては，次の2点から説明することができるであろう。第一に，おそらく意見や言論の自由が保証されていない社会においては，コミュニケーションの主体が設定されにくいため，立場の異なる人々がコミュニケーションするときには，たちまち食い違いが生じてしまうのである。このことはすでに1953年6月17日暴動にも見られることである。しかし，第二に，これは1970年代にホーネッカーが政権に就任した直後から生まれた，東ドイツの大きな政治的・社会的状況の変化とも関連している。このことを理解することによって，作家たちとプロテストとの関係が改めて浮き彫りになってくるのである。以下ではその状況を記述することにしたい。

すでに第7章で述べてきたように，1970年代初頭は，ウルブリヒトからホーネッカーへの政権交代が生じた。ウルブリヒトは，自らの経済政策が社会主義の理念に反しているとみなされ，そして何よりもソ連の反感を買ったために政権基盤を失い，ホーネッカーにそのポストを委ねることになった。この政権交代に表立った反対意見は生じなかったものの，しかし新政権への移行は決して順風満帆なものではなかったので，ホーネッカーは，指導者としての正当性をアピールしなければならなかった (Born 1994:46-47)。このためにまずホーネッカーは，国民の生活状況を改善するために価格安定化などの社会福祉政策に重点をおいた「消費社会主義」を実行した。さらに経済的な側面だけでなく，文化的・芸術的なリベラルさをも強調した。

ホーネッカーは第一書記長に就任して間もない1971年12月の第4回SED中央委員会大会で，「もし社会主義の確固たるポジションを前提に

するのなら，私の考えでは芸術と文学の領域にタブーはないだろう」と宣言していた。この宣言は，作家たちにとっては大きな希望を与えたが，ヴァルターによれば，「多くの作家や芸術家たちは，意識的にこの限定的で条件付きの副文〔訳注：もし社会主義の確固たるポジションを前提にするのなら〕を聞き漏らした」(Walther 1996:81)。作家たちはこの宣言が何を意味するのかについて誤解したというのである。ヴァルターが言うとおり，この宣言が最初から文学や芸術のリベラル化を意味していたわけではないことを当時の作家たちは予期しえたのである。しかし芸術家たちによるこの解釈を，たんに芸術家の誤解や聞き漏らしとしてのみ考えてはならないであろう。注目しなければならないのは，この宣言の本当の意味よりもむしろ，この宣言の本当の意味を見えにくくする曖昧さなのである。この曖昧さのなかに，1970年代から東ドイツ崩壊まで一貫して維持される文化政策の特徴がよく表れていると考えられるので，ここではこの宣言をさらに解釈することにしたい。

　本論の「機能分化」という側面から見てみると，この宣言は（たとえ歴史的にはそうでなかったとしても），政治は政治に，芸術は芸術にという機能分化を宣言しているように見えなくもない。芸術の自律性が保証されている民主主義社会であっても，民主主義の確固たるポジションを破壊するような行為は芸術作品としては認められないからである。しかし他方で，脱分化を推進する政府や党が統治する社会，つまりあらゆる社会領域が「社会主義的／非社会主義的」のコードで処理される社会においては，「社会主義の確固たるポジションを前提にする」という条件が意味するのは，相も変わらず芸術にタブーは存在しており，芸術には何の自律性も認められないことを示している。もちろんヴァルターの言うような「意図的な聞き漏らし」があったのは事実かもしれないが，そもそもそうした聞き漏らしが可能な「曖昧さ」こそ，1970年代以降の文化政策，およびそれをめぐる一連の状況の特徴としてマークされるべ

きである。作家のユレク・ベッカーの言葉でいえば,「明確に見える標識がない」ことそのものが作家たちに脅威だったのである。

　ホーネッカーが芸術の自由化を容認した（かのように見えた）宣言から3年後の1974年11月13日,いつになっても自分たちの本が出版されないことに業を煮やした作家たちは,ドイツ作家協会ベルリン支部での会合の際に,他の作家たちにこの問題を訴えるようになった。ここで作家たちは「何が文学的にふさわしいかは作家たちに任されていなければならない」という点で一致し,作家のシュテファン・ハイムは,検閲廃止を支持した。シュタージはこの会合も監視しており,それによると,ユレク・ベッカー,シュテファン・ハイム,ディーター・シューベルト,グスタフ・ユスト,クラウス・シュレージンガー,ウルリッヒ・プレンツドルフなどはこの主張を支持し,ヘルマン・カント,ルーツ・ヴェルナー,ヴォルフガング・コールハーゼ,出版編集者のヴァルター・レヴェレンツはこの主張に激しく反対した。そして大多数の作家たちは,消極的にしか振る舞わなかった。シュタージはすでにこの時点で,この会合での主張が,チェコスロバキアでプラハの春を引き起こした反体制勢力を想起させるとして警戒していた(Walther 1996:86)。作家たちも結局のところ,芸術の自律性を要求すべきかどうかについて必ずしも一致していたわけではなかった。

　このようにビーアマン事件の経過を見ていくと,次のようなプロセスが見えてくる。(1) 政府が芸術の自由化を容認していると受け取りうる発言が公になされると,(2) ますますそれに希望を抱いて文学の自律化を促進しようとする作家が現れ,(3) そうなるとますますシュタージが作家たちの危険性を唱え,彼らへの警戒を強めていく。政府や党は,自ら問題の火種をばらまき,そこから生じた問題を自ら消火に当たるという,問題の自己産出的構造をもっていた。たとえホーネッカーにとっては,ビーアマン事件に対するプロテストが予想外であったとしても,こ

のプロテストをきっかけに「反体制的」と目される作家たちに対する弾圧が再び始まったのである。

その結果，11月19日にユルゲン・フクスの逮捕，21日にゲルルフ・パナッハ及びクリスティアン・クーネルトの逮捕，26日にロベルト・ハーベマンの自宅軟禁，12月8日にフランク・シェーネの有罪判決，等の直接的・暴力的介入が行われたのであるが，それ以上に興味深いのは，ビーアマン事件を境にして，直接暴力には訴えない間接的な手法も用いられるようになったことである。そのような手法のひとつは，反政府的な作家に対してむしろ西側への出国を許可するという，一見すると作家たちを攻撃しているのか支援しているのかわからないような方法によって行われた。これは批判的な意見をもった人間を「国外に発送する」ためであった (Walther 1996:90)。こうして1977年以降，多数の作家たちの国外逃亡が勧められていった。

もうひとつの間接的な手法は，西側で出版したことのある作家（シュテファン・ハイムとロルフ・シュナイダー）に対して，「外貨法」違反で罰金刑を科すというやり方であった (Walther 1996:97)。さらにこの2人に対しては，批判的な意見を動員することで彼らの作品に対する評価を落とすという試みもとられた。具体的には，国内の有名な文学研究者にハイムの作品をこき下ろさせたり，また海外にも彼らの作品を酷評させる批評家をシュタージは手配した (Walther 1996:97)。

このようなやり方で，1978年2月のシュタージの第20部（HA XX）の報告によれば，「東ドイツの文化人，とくに作家たちの状況は，1976年11月の事件以来，ますます正常な状態に回復（normalisieren）し，安定化している」(Walther 1996:94) ようになった。つまり，ビーアマン事件によって生じた一連のプロテストを沈静化することに成功したのである。

その結果　ビーアマン事件に対するプロテストは政府に受け入れられることはなく，事件も急速に忘れ去られ，失敗に終わった (Wolle 1999:

241-242)。事件以前には「東ドイツ文学は国内での生活の理想像や思想を提供する」と自負していた作家たちは，事件の後，慌てて抗議活動から距離をおくか，西ドイツへと移住した (Mann 1996:104-105)。これらの先輩作家たちと共に東ドイツで出版しようとしていた若い作家たちは，自分たちだけ取り残されたかたちになり，自分たちは「裏切られ」「見殺しにされた」と感じるようになった (Mann 1996:104-105)。プロテストの可能性は，外部からの弾圧によって崩れただけでなく，内部の，つまり先輩作家たちによっても縮小した。マンはここに，国家からも，既存の出版制度からも，これまでの理念的な自負をもった東ドイツ文学からも離れた「コミュニケーティブなアンダーグラウンド」，「何にも依存しないコミュニケーション・チャンネル」，すなわち「文学や芸術という自律したコミュニケーション・システム」への需要が若い作家たちのあいだで高まる契機を見ている (Mann 1996:106-107)。

　ベルリンのプレンツラウアー・ベルクの雑誌制作者であったロレックは次のように回想している。「ビーアマンが東ドイツに戻れなくなったときから，東ドイツは私にとって，同じく他の人にとっても，閉じたものだった。もう同情なし。思いやりなし。親近感なし。関心なし。[…] 我々はもう生活を自分の言葉で語ることはできなくなっていた。[…] もう本当でいようとは思わなかった。[…] もうプロテストしようとも思わなかった。[…] 東ドイツは私たちにとって閉じられたものだったが，東ドイツにとって私たちも閉じられたものだった」(Lorek 1992:113-114)。ここでは，ビーアマン事件が若い作家たちに与えた影響が如実に表れている。ビーアマン事件が若い作家たちに与えたのは，彼らと社会全体との根源的な断絶であり，そしてこの断絶感は何よりも社会について言語化できないこと，つまり「沈黙」として表れたのである。もちろん，ビーアマン事件によって引き起こされた社会との断絶は，シュタージの周到な計画によって引き起こされたものであるが，ロレックの発言のなか

では，「沈黙」は強制されたというよりも，「もう同情なし。思いやりなし。親近感なし。関心なし」といった諦めのなかで，自ら言葉を失っていった様子が記述されている。

シュタージの一連の弾圧によって生じた「沈黙」は，作家たちにとっては絶望であり悲劇であったかもしれないが，第5章で述べたように，この「沈黙」こそ「楽しい」文学的現実への希求をますます強めたのである。

おわりに

1953年のベルリン暴動は，東ドイツ史上最も政治的な意味合いの強い抗議であり，さらに最も激しい暴力的な弾圧を生んだ。戦後まもないこの時点で，労働時間とノルマをさらに拡大しようという政府の方針に対する反発であったことは極めて興味深い。さらにこの時代の政府は全体主義色が極めて強く，抗議者に対しては激しく暴力を振るったにもかかわらず，他方で彼ら住民の要求，とくに労働時間の緩和に対しては部分的に受け入れたということも，その後の東ドイツの消費政策につながっていると考えるべきである。

そして，2回目の大規模な街頭デモは，約10年後の1965年に起きたが，この時には1953年暴動よりも一層強く娯楽に対する要求が打ち立てられた。この時代にはすでに電子メディアを使って西側から様々なポップミュージックが流入しており，このデモの要求は，娯楽なしには生きていけないという若者たちの切実な声を反映していた。

そしてさらにその約10年後の1976年におけるビーアマンの国籍剝奪事件とその抗議は，文学と政治とのあいだの対立を決定的なものにした。おそらくこの事件のインパクトは，抗議に関わった作家たちだけでなく，その周囲で事件を眺めていた若者たちに，東ドイツ国内で文学を行

う可能性がまったく存在しえないことを証明するという意味で深刻な影響を与えた。

　システム理論に基づいた東ドイツのアンダーグラウンド文学研究は数少ないが，そのなかでもマンの研究は東ドイツにおける自律的な文学の成立条件を説明している。彼によれば，東ドイツの自律的な文学システムの成立は，「プロテストから自律性へ」(Mann 1996:104)，すなわち社会に対する政治的・道徳的・美的な拒絶が，本来の（とくに政治的な）目的から離れ形式化するところにある (Mann 1996:107)。このような説明が示しているのは，政治・経済・マスメディア・学問など他のシステムからの排除の結果としての文学や芸術ということになる。彼によれば，若い作家たちにとって，「文学的な生活の表現をしたいという衝動は，個人の私的な自由空間や，有意義だと思える政治的・社会的なアンガージュマン（社会参加）の可能性が少なかったことに対する知的な苦しみの表現であった」(Mann 1996:92)。若者たちが戸を叩く先が文学や芸術にしかなかったというわけである。政府へのプロテストが失敗して，政治や経済で活躍するチャンスの見込みがない人々が芸術活動へと流れ込んだのである。しかし，ビーアマン事件で文学の自律性を守るための政治的プロテストが失敗したことは，むしろますます若い作家たちに（非公式な領域であるとはいえ）文学活動を動機づける要因となっている。

　「プロテスト→失敗→芸術」というマンの説は決して間違いではないが，筆者の考えでは，「余暇・娯楽・芸術の要求→プロテスト→失敗→芸術」という循環が生じていると見るべきである。つまり，芸術への欲求が高まると，政府はますますそれの抑制に動く，しかしこのような抑制は若者たちに政治不信を引き起こし，ますます芸術への欲求を高めるのである。

［第9章］

精神的抑圧としての監視と検閲

　1976年に政府批判的な言動で国外追放されたビーアマンの事件は、政府にとって文学に介入する必要性を改めて認識させるものであった。しかし同時に、この事件以降、政府はこれまでの逮捕を通じた暴力的な弾圧をやめ、むしろ目に見えないかたちでの監視と精神的抑圧へと方法を切り替えていった。1968年にチェコスロバキアでプラハの春が起こる以前、そもそも作家や芸術家たちは、ほとんど体制の脅威とはみなされていなかった。このことはおそらく、作家が1953年の6月17日暴動にも、1965年のライプツィヒ・ビートデモにも参加しなかったことと決して無関係ではないであろう。さらに1970年代以降、ホーネッカー政権は芸術の自由化を謳った手前、誰もが目に見えるかたちでの暴力を芸術家たちに表立って行うことはできなくなったのである。このことはもちろん、政府が芸術家や知識人に対して寛容であったということを意味するのではない。むしろ彼らを用意周到に目に見えないかたちで追い詰める方法が、1970年以降、とくにシュタージ（国家保安省）によって追求されてきた。

　本章では、1970年代後半以降のこのような精神的抑圧について記述していくことにしたい。

1. 作家と権力——ユートピアの約束

　文学研究者のヴァルターは，作家とシュタージとの関係についての調査のなかで，知識人たちの大部分は，暴力的な強制によって権力と同化したわけではなかったと指摘している。彼らは「自発的に（freiwillig），[…] 自分たちと指導部の関係が権力（Macht）と知（Geist）という対立ペアへと絞りこまれない」ようにしていた (Walther 1996:8)。このような自発的な権力への接近を，ドイツ社会主義統一党（SED）に忠誠を誓うことで得られる莫大な恩恵によってのみ説明することはもちろん不可能であろう。むしろ，戦後の東ドイツ文学を牽引した作家たちの多くが直面していた歴史状況を考慮に入れなければならないだろう。

　ヨハネス・R・ベッヒャー（1891-1958），アンナ・ゼーガース（1900-1983），ヴィリー・ブレーデル（1901-1964），アーノルト・ツヴァイク（1887-1968）等々，戦後の作家たちの多くは，ナチス体制下において迫害を受け，国外に亡命していた人々であった。こうした作家たちは，戦後の惨状，ナチス・ドイツが行った様々な暴力を前にして，自分たちの過去をもう一度再検討しなければならなかった (Emmerich 2009:87-88)。この当時の視点に立ってみると，二度も世界大戦が引き起こされたが三度目はないだろうという確信に至るには不充分な状況であった。いわば二度あることは三度あることを作家たちは気にかけていた。しかしそうした切迫した状況にもかかわらず，彼らは大戦の反省を充分に行うことはできなかった。戦争犯罪やその原因という次元から物事を考えることができず，たんに「『二度と繰り返さない（Nie wieder!）』という感情的なジェスチャー」のなかで歯に物が挟まったかのようにつぶやくことしかできなかったのである。「ほとんどすべての人は，日常という現在に関わることで手一杯であったため，過去と関わるためのエネルギーは，

全く残っていなかった」(Emmerich 2009:95)。文学研究者のエメリヒは，東ドイツが抱えていたこのような歴史状況から，作家たちに固有の思考回路を次のように説明している。それは，(1) ナチズムはファシズムであり，ファシズムは反人間的であるから，それゆえ悪である。それに対して，(2) 反ファシズムとは社会主義であり，社会主義は親人間的であるから，それゆえ善である。このような二元論（Dualismus）は，第三の選択肢を排除し，「反ファシズム＝社会主義＝善」の図式に賛成できない人間を，自動的に「ファシズム」へと分類したのである (Emmerich 2009:35-36)。

　今日の私たちから見れば，例えば反ファシズム政策は，社会主義によってだけではなく，自由主義・民主主義によっても推進できることは自明であろう。しかし「社会主義／反社会主義」のコードが採用されていると，このどちらにも当てはまらない第三の選択肢もまた，そのまま敵として，あるいは反社会主義として分類されてしまうのである。

　このような超越的二元コードの排他性をより良く理解するためには，「民族主義」のコード，つまり「親日／反日」のコードを参照してみてもよいであろう。このコードは，例えばある裁判所が下した「違法」の判断をそのまま「反日」的だと理解させることができる。法システムが培ってきた専門性は考慮されず，法システムの固有の判断である「合法／違法」のコードは二次的な意味しかもたない。民族主義のコードは，政策や判決，学術的見解，教育方針，企業の取引関係，マスメディアの報道内容等々に対して（それぞれの部分システムの専門性を無視して），普遍的・超越的に応用されうる。それが政府によって暴力的に貫徹されれば，各機能システムは容易に機能障害に陥るだろう。

　これと同じように，東ドイツにおいては，「社会主義（善）／反社会主義（悪）」の二元コードが，超越的・普遍的に作用したのである。しかしエメリヒが示唆しているように，このようなコードは，たんに国家

が作家たちに強制しただけでなく，作家たちも戦後の貧困と，戦争に対する贖罪意識から，つまり極めて道徳的な意識から自発的に受容していた。

　ヴァルターは，知識人と権力とが密接に関わっていくための条件を，知識人たちのあいだで共有されていた「ユートピア」のなかに見ている。彼によると「救済史的な地平を伴った合法則的な目的を歴史に与えるというヘーゲルとマルクスの精神史的な伝統における歴史理解は，その信奉者に次のような危険をもたらす。そのような理念を我が物とする政治に利用されたり，イデオロギー的・聖典的な救済という期待から逸脱すると弾劾されるという危険である」(Walther 1996:11)。ヘーゲルやマルクスの歴史理解は，彼らにとってはひとつの社会領域に留まったひとつの学術理論などではなく，「普遍的」であらゆる社会問題を解決する「救済」であった。ヴァルターによれば，ユートピア的性格をもったこのような超越的学術理論を政治が利用することで，それを支持する知識人たちは政治に対してどんな批判もできなくなったのである。政治が自分たちの信じる普遍理論を採用していたので，政治を批判することは，知識人たちにとって普遍理論それ自体を批判することにほかならなかったからである。

　このような見解は，東ドイツ文学を記述するためには極めて重要である。つまり，一方的に政府が強権的・暴力的に文学者を抑圧していたわけでなく，作家たち自身もむしろ善良な気持ちから，あるいは歴史に対する真摯な態度から，文学に対する権力の干渉を黙認せざるを得ない状況があった。もちろん，国家やSEDがこのユートピアからはあまりにもかけ離れた存在であることは，おそらく1953年6月17日暴動のときから明らかになっていたことであったし，最終的には1976年のビーアマン事件によって，その横暴さに目を背けることはできないものになっていた。この段階になってようやく，東ドイツで有名だった作家や芸術家た

ちは,非常に低姿勢なやり方で政府に「お願い」するというかたちではあっても,抗議することができた。しかし,たとえ一時的に政府との関係に距離を置くことができても,最終的には政治と文学・芸術との関係それ自体を分離させるべきではないという芸術家たちも存在していた。まさに東ドイツ政府によって迫害されたビーアマン自身がそのような考えの持ち主であり,ユートピア的思想を捨てることはなかった。

それに対して,1980年代のアンダーグラウンド文学の作家たちは,文学から道徳的・倫理的な基準を切り離すことに成功した(そしてもちろんこのことは同時に政治的な内容からも独立することを意味した)。この点に関しては,彼らの世代的要因も加味されなければならないだろう。図7が示しているように,アンダーグラウンド文学に関わった作家たちのほとんどは,1950年代から1960年代に生まれ,1980年代当時には20代から30代の若者であった。これに対して,ビーアマンは1936年生ま

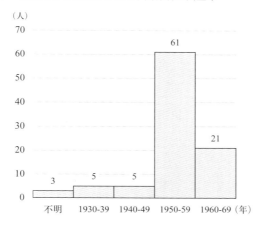

図7:世代ごとの作家および文学関係者の出生年

- 合計=95人
- (Michael and Wohlfahrt 1991:429-443) に記載されている作家および関係者の経歴一覧から出生年を特定して,筆者作成。

れで，またビーアマン事件に抗議した作家たちの多くも1900年代から1930年代までに生まれた世代が中心であった。フォルカー・ブラウン（1939-）のような例外をのぞいては，これら古い世代の作家たちはほとんどアンダーグラウンド文学には参加していなかったのである。

　このような世代の違いに関わる本質としては，次の点が考慮されるべきであろう。つまりアンダーグラウンド文学に参加した若い作家たちの大半は戦後生まれであり，第二次世界大戦を直接経験しておらず，それどころかベルリンの壁が建設された1961年当時ですらまだ幼かった世代であり，つまり戦後の状況を決定づけた歴史さえ直接は経験していない世代であった。古い世代の作家たちとは異なり，これらの世代が文学から道徳を容易に切り離すことができたのは決して偶然ではないであろう。

　ここで，ビーアマンにとっての政治と芸術の不可分な関係性についてさらに詳しく検証してみることにしたい。西ドイツへと亡命したビーアマンは，1983年秋，アメリカの各都市でコンサートと講演のツアーを行っていた。同年10月23日にオハイオ州立大学で政治詩（Lyrik）についてのゼミナールの一環でインタビューを受けている (Schmidt, Biermann and Fehervary 1984:269)。

　インタビューアーのシュミットから，アメリカでは政治と詩とははっきりと分離しているという指摘があったときに，ビーアマンは次のように答えている。

　　　シュミット：ええ，しかしここ〔訳注：アメリカ〕では私たちには政治的な詩（Lyrik）の伝統がないのです。
　　　ビーアマン：そうは思いません！　ボブ・ディランは高度に政治的で，偉大な詩人だと思います。そしてこの国には，ウディ・ガスリー，レッドベリー，ホーリー・ニアーのような伝統があり，――こ

のような伝統は，いまだに強く生き続けているのです。

(Schmidt, Biermann and Fehervary 1984:271)

質問者がアメリカには政治的な詩という伝統がないと述べると，ビーアマンはそれを否定して，アメリカで有名なロックミュージシャンであるボブ・ディランも政治的であったと述べている。その際に，ビーアマンは東ドイツにおける政治と詩との関係を次のように述べた。

> ビーアマン：……スターリンの時代が終わったばかりのころ，非政治的な詩を書くことは，政治的な行為でした。その〔訳注：非政治的な詩の〕爆破力は，まさに視野の狭いやり方で，個々のものへと引きこもった（zurückzog）という点にありました。政治的な情熱をもち，社会を把握して（fassen）理解し（begreifen），変えたいと思っている人にとっては，このことはもちろん満足ではありませんでした。しかし，このような状況では，最も政治的な詩というのは，非政治的な詩でした，つまり恋愛の詩です。「愛してる！」――高度に政治的な文章なのです，人々がお互いに政治警察に秘密を漏らしあい，助けを必要としてドアをノックする人がいると追い返して追っ手に引き渡す，こうしたことによって築かれた社会では。……このような時代には，下から始められなければならないでしょう，とくにまずひとりの人間から始められなければならない。ボスたちは傷つき，そのような詩にいらいらして，脅威だと感じました。彼らは大げさで誇張した（bombastisch）フレーズに慣れていましたが，突然，キッチンの塩壺について話す人々がやってきました。その塩壺には亀裂が入っていて，それゆえに美しいと感じられる……。しかし，今日政治的に物議を醸しているものが，明日にはもう快適な安眠枕です。この状況が逆転すると，ほんとうにすぐ

に,「愛してる」がもはや全然破壊的 (subversiv) ではない時代が
やってきています。……恋愛歌だけを書くと, そのボスたちが感謝
していたのです。　　　　　　(Schmidt, Biermann and Fehervary 1984:273)

　ビーアマンにとって, 東ドイツという非政治的な詩(恋愛の歌)を書くことが許されない社会においては, 非政治的な詩を書くことそれ自体が,「ボスたち(政府や党)」の脅威となる政治的なものであった。しかし「ボスたち」が, 非政治的な詩を書いてもらうことに感謝するようになると, 結局のところ, 非政治的な詩は, 破壊的・転覆的 (subversiv) な効果をもたなくなってしまうのである。

　このようなビーアマンの見方は, 極めて複雑でパラドックスに満ちている。一方で, 確かに彼は明らかに芸術にしかできない固有の機能を「subversiv(破壊的, 転覆的)」なものであると見ていた。人を驚かせる「subversiv」なものを表現することは, システム理論が特定してきた芸術システム固有の機能と同一である。しかし, 反政府的な意味をもたなくなった非政治的な詩は, もはや「subversiv」ではないので価値をもたなくなる。だからこそ, 彼は1970年代からますますその政治的な主張を, 自分の歌や言動のなかに含めるようになったのだろう。歌手としてのビーアマンの政治的表現は, 一方の見方をすれば, 文字どおりそのまま政治的であるが, 別の見方をするなら,「subversiv」を際限なく追求しようという芸術に固有の試み以外の何ものでもない。こうして極めてパラドキシカルなやり方ではあるが, 政治と芸術は区別できないほどに一致するのである。非政治的であることの政治性と, 政治的であることの非政治性(あるいは芸術性)とが同時に意識され, 両者のあいだを揺れ動くのである。

　結局のところ, ビーアマンは政治的な詩人であったのか, 芸術的な詩人であったのか, ここでは白黒つけることはできない。しかし, その方

第9章　精神的抑圧としての監視と検閲　　193

法をめぐり，プレンツラウアー・ベルクのアンダーグラウンド文学と決定的に異なることがある。以下の言葉からそれをはっきりと読み取ることができるだろう。

> ビーアマン：……もちろん詩を読んだり，歌を聞いたりする人は，最終的には何か世界について経験したいのです，詩人についてではなくて。しかし，詩（Lyrik）のなかで読者は，世界を主観というレンズだけで見たい。だからこそ，よい歌，いきいきした詩（Gedicht）というのが成り立つのは，社会的に意味のある出来事が，最も私的なものと重なりあうときだけなのです。
> (Schmidt, Biermann and Fehervary 1984:272)

ここでビーアマンは，読者というものが作品から何を読み取ろうとしているかについて明確に述べている。芸術作品を鑑賞する読者は，最終的には芸術（家）それ自体について知りたいのではなくて，芸術を通じた「世界（die Welt）」について知りたいのである。芸術システムの外側に広がっている「世界」のほうに目を向けているのである。これは，明らかにアンダーグラウンド文学の作家たちの態度とは異なっている。なぜなら，彼らは芸術の外部にある対象（世界）を直接描くのではなく，あくまでも芸術の内部にある方法（言葉遊び）を描くことによって，芸術の外側にあるはずの「世界」をシャットダウンしており，もっぱら「芸術」のための芸術という閉鎖空間のなかでコミュニケーションを展開しようとするからである。

　ビーアマンのいう「世界」については，さらに深く考察されるべきであろう。おそらくこの「世界」は極めて倫理的・道徳的な価値をもっていることが，次の彼の言葉から読み取ることができる。

ビーアマン：ええ，私が話すのは，この惑星でのすべての人間的生活を破壊すること……に西ドイツで反対しているたくさんの人々のためです。そして，彼らが自分自身ではそう簡単にはもてない何かを伝えることで，私は彼らの役に立つ（nützlich）ようになろうとしています。なので，政治的シンガーは，平和を好んでいる人たちのところに行って，自分も平和を支持しているということを伝えるのです……。というのも彼はレーガン大統領とアンドロポフ大統領のかけらではないからなのです。政治的に生産的になるのは，……軍縮への願いです。　　　(Schmidt, Biermann and Fehervary 1984:274-275)

　彼はここで「惑星」という言葉を使うことで，東西冷戦の枠組みを越えて，すべての人々に普遍的に共通する倫理的・道徳的な価値，つまり軍縮と平和を示すことに意味を見出している。東西どちらの陣営も見ていない道徳的価値を伝えることで，「subversiv」を達成しようとしたのである。この点にこそ彼は歌手としての活動を続ける意味を明らかに見出していた。
　このような倫理的・道徳的普遍性をもった「世界」を，ヴァルターのいう「ユートピア」に置き換えてもよいであろう。このユートピアによって，政治と芸術と道徳，そしてプロテストとの境界線は，複雑に重なりあい，相互に区別することが不可能なほど曖昧になってくる。このユートピアが，脱分化，あるいは控えめに言っても，諸社会システム間の自由な横断を可能にしているのは明らかである。もちろん彼がここで志向しているユートピアは，東ドイツ政府が断行したようなスターリニズム的・非道徳的な恐怖政治に基づいたユートピアとは全く異なったものであることは改めて言うまでもないだろう。それにもかかわらず，このユートピアは，ビーアマン事件のプロテストが起こる前までのあいだ，東ドイツの知識人たちの政治批判を封じこめたものと同一のものであ

る。もちろんビーアマンは，東西どちらの政府にも依拠することなしに追求できる理想を重要視することで，政府批判を困難なく行える立場を確保していたが，他方では彼にとって政治と芸術との関係は，密接に結びついていたのである。

　このようなユートピア思想が間違いであったとか，無意味なものであったなどということをここで評価することはできない。しかし，東ドイツにおけるこのようなユートピア思想が，全体主義的な政府に利用されたとき，作家や学者たちに「沈黙」を引き起こすよう作用していたことは間違いのないことである。その際に重要なのは，政府の暴力的な恐怖政治によって知識人たちが洗脳されていたと見るべきではないということである。もちろん，東ドイツの社会状況の多くは，当時の独裁体制によって引き起こされたものであり，それに対する批判は枚挙にいとまがないだろう。確かに知識人たちに対する政府（とくにシュタージ）の管理（Kontrolle）は，洗脳だと非難されるべき内容をかなり含んでいる。しかしだからといって，決して政府の行為だけで当時の状況が記述されるべきではない。文学の内的なリアリティにおいても，政府や社会への意見表明ができなくなる状況が存在していたのであり，それが「ユートピア」の思想であった。

2．自己検閲とシュタージ

　このようなユートピア思想に加えて，東ドイツの文化・芸術領域と国家の検閲機関との関係について，ここでは論じることにしたい。

　文化領域に対する監視とコントロールは，ほとんどすべてシュタージが負っていた。この監視ネットワークは社会のあらゆる領域に張り巡らされており，一見すると秘密警察とは関係のないように見える機関（出版社や文化省，作家協会）もまたシュタージとのつながりをもってい

た。このようなシュタージのネットワークから見えてくるのは，恐怖政治的・独裁的・全体主義的な社会であることは改めて言うまでもない。しかし，とくに1980年代の東ドイツ文学を論ずるうえで重要なのは，1970年代以降暴力装置の存在はますます隠蔽され，統制が秘密裏に行われるようになったことだ。それ以前には作家が少人数の仲間同士で政府に対する批判を言うだけで，有罪にまで持ち込むことが可能であった (Walther 1996:73)。ところが1970年代になると，作家に対して逮捕などの外圧的・強制的・暴力的な介入をする代わりに，それとは気がつかないうちに作家同士を仲違いさせたり，嫌がらせをするなどして精神的に追いつめる「戦意喪失策（Zersetzungsmaßnahmen）」をシュタージは好んで用いるようになった。

　このような状況の変化は，2つの要因から説明されている。そのひとつはすでに第7章，8章でも述べたように，1971年にホーネッカーが党大会で文化政策の自由化を発表したことが，この手法の転換に影響を与えた。ホーネッカーが「芸術と文学の領域にタブーはない」と宣言したとき，このことの真意をシュタージは理解することができず，この宣言には何らかの敵対勢力による「偽造（verfälschen）」があるとさえ思い込んでいた (Walther 1996:81) が，同時にシュタージは今までの手法のあり方を考えなおさなければならなかった。第二に，1970年代における東西冷戦の緊張緩和（1972年の東西ドイツ基本条約，1973年の国連加盟，1975年のヘルシンキ条約批准）のなかで，西ドイツ，国連，全欧安全保障協力会議のそれぞれの勢力は，東ドイツ（および東側諸国）の人権状況に対して圧力を加えた。こうした世界情勢の流れのなかでも，シュタージの捜査手法は改善を迫られることになった。

　医学者のプロスは，東西ドイツ統一後診療所を訪れた東ドイツの46人の患者の症状を分析し，そのカテゴリーを3つに分けている。(1) 初期の東ドイツあるいはソ連軍政府に逮捕された人間，(2) 1972年の東西ド

イツ基本条約後に逮捕された人間，(3) 逮捕こそされなかったが，シュタージが誘導した社会的差別にさらされ，職業生活・私的生活を壊された（zersetzen）人間である。(1) の場合，その症状は，身体的な暴力にさらされた結果生じており，(2) の場合は精神的な虐待によって，(3) の場合シュタージによる社会的孤立によって生じたものであるという (Pross 1995:305)。このような分類には，1970年代の東西緊張緩和の流れのなかで，シュタージの捜査・弾圧の手法の変化が表れている。そのなかで，とくに本節で注目しなければならないのは，(3) の誘導された社会的孤立化である。

　心理学者のベイヤー・カッテは，この孤立化戦略の心理学的効果を次のように説明している。シュタージは，すべての国民を隙間なく監視していたわけではなかったが，潜在的な「容疑者」は無制限にいると考えていたので，シュタージが常に至るところにいる（allgegenwärtig）と映るよう心がけていた。つまりすべてを監視することはできなかったが，常に監視されているという不安を与えていたのである。そしてこの戦略は，自分が監視対象になっているという不安を抱いた者を社会的に孤立させる効果をもっていた。そこには社会的孤立が効果を発揮する東ドイツ特有の状況があったとベイヤー・カッテは言う。すなわち東ドイツでは，何らかの集団に属しているという帰属感が社会的安定性をもたらしており，とくに職業への所属は，全生涯を決める「運命（Schicksal）」に等しかったため，グループの連帯を壊し，孤立させることで，監視はすぐに深刻な影響をもたらした (Baeyer-Katte 1995:96–99)。この点については，すでに述べてきたことにも一致している。東ドイツにおいて「労働」はたんなる経済的な価値を超えて，政治的・道徳的価値をもっていたので，職場で人格的な評価が下がることは，西ドイツ以上に重大で深刻な意味をもつのである。

　ビーアマンの国籍剝奪に抗議した人間が，どのように社会的に孤立し

ていったのかについては，ビスピンクが記述している。役者のマンフレート・クルーク（Manfred Krug）は，予定していた映画の出演が中止となり，販売される予定だったレコードも中止となっただけではなく，クルークのもとには知人も訪れなくなり，多くの親が彼の子供と遊ぶのを禁止した。さらにシュタージは，彼がいかに信用のならない人間であるかという（事実とは全く異なる）情報を世間に広めた。例えばクルーク家は，「ブルジョワ（bürgerlich）」であり，彼の父親は「ナチ党員」であったという情報である（実際には彼の父親はエンジニアであり，ナチ党員でもなかった）。役者のアルミン・ミューラー＝シュタールも，会社の電話番に回されることになり，職場で孤立した。クルークもミューラー＝シュタールも，いかに「自己顕示欲（Geltungssucht）」や「物欲（die materiellen Interesse）」の強い人間であるかという観点からシュタージはその証拠を収集していた (Bispinck 2012:617-619)。

　このような社会的孤立化戦略とならんで，シュタージは1970年代末から，「個別対応策（differenzierte Maßnahmen）」と呼ばれる方法を積極的に取り入れるようになった (Walther 1996:106)。この方法は，環境運動や平和運動の市民グループに応用されたのみならず，アンダーグラウンド文学の作家たちにも適用されることになる。これまでシュタージが影響力を行使することのできた組織，例えば作家協会（Schriftstellerverband der DDR），出版社，若者の文化活動を組織していたFDJ（Freie Deutsche Jugend; 自由ドイツ青年同盟）と直接的な関わりをもたなかったアンダーグラウンド文学の作家たちは，たとえ彼らの雑誌が社会主義に対する直接的な批判・攻撃を行っていなかったにしても，シュタージにとって脅威の存在であった。こうした経緯から1982年にすでにシュタージは彼らの分析を始めており，1984年に大臣のエーリッヒ・ミールケは，「敵のメガホンのために芸術を悪用」してはならないとして危険視していた (Walther 1996:118-119)。

しかし，最終的には，これまで作家たちに行ってきたような刑法的な処罰とは異なった，次のような行動方針がとられることになった。(1) そもそも刑法には違反していない，(2) 発行部数が少なく言論空間（Öffentlichkeit）への影響力も小さいため，危険性を認識する必要はない，(3) 代表的な作家3人が東ドイツをすでに離れている，(4) 何人かの選び抜かれた作家に出版の可能性を与え，細分化プロセス（Differenzierungsprozeß）を与える (Walther 1996:122)。このような方針が意味するのは，東ドイツを離れたい作家には積極的に出国許可を与えて，国外逃亡させつつも，作家たちの何人かを優遇し，また別の作家たちを冷遇することによって，集団内で不信感をつくりあげるということである (Walther 1996:110)。

　文学研究者のヴァルターがその事例として挙げているのは，作家のゲルト・ノイマンである。シュタージは，1981年には次のような方針でノイマンの対策にあたった。東ドイツでの出版可能性がありうることを示唆する一方で，最終的に出版できるのか，あるいはできないのかを常に不明確にすることで，ノイマンの身動きがとれないようにしたのである。1982年，作家で友人のロベルト・ハーベマンの葬式に参加するためベルリン行きの列車にライプツィヒ中央駅から乗車しようとしたノイマンは，警察に呼び止められ，デパート（Kaufhaus）の火事があったという名目で尋問を受け，結局ベルリン行きを妨害されることになった。シュタージの報告によると，明らかにノイマンはシュタージに監視されていることに気づいており，自分は絶えず監視されているのだという「被害妄想（Ve-folgungswahn）」に取り憑かれていたという (Walther 1996:416-417)。

　このように作家や芸術家たちは，シュタージの演出する監視や嫌がらせの現実と絶えず向き合わなければならなかった。これらの「演出」は，（東ドイツ政府の崩壊後に資料が全面公開されることがなければ）

決して客観的には証明できなかったものであり，それこそ当時の水準では陰謀論や妄想の類でしか他者に説明することのできないものであった。だから社会的に抗議することはほとんどできず，多くの場合，孤立するほかなかった。こうした目に見えない心理的な圧迫は，シュタージによる監視だけではなく，当時の東ドイツのなかの検閲政策のなかにも含まれていた。

　文学社会学者のレフラーは検閲制度をめぐる状況を次のように説明している。東ドイツでは，管轄当局である「出版・書籍販売中央局（HV Verlage und Buchhandel）」のチェックを受けて「印刷許可」をもらうまえに，出版社の編集者と著者とが共に検閲を行うという「事前検閲」があり，シュタージはここに秘密裏に関与することで，直接は目に見えない統制が行われていた。しかし，事実上の検閲執行者である出版社の多くは，国家の要求に全面的に賛同して作品の出版を妨害しようとしていたのではなく，むしろ営業利益のために何とかして出版にこぎつけようと努力していた (Löffler 2011:127-129)。

　さらに検閲制度それ自体に対しても，シュテファン・ハイムがビーアマン事件のプロテスト運動のなかで，つまり1970年代後半になって言及するまでのあいだ，多くの作家たちは抗議しなかった。なぜなら，それは戦後の反ファシズム政策のために必要なものであると理解していたからである (Löffler 2011:136)。中立を装いつつ介入する国家，国家と作家のあいだで板ばさみになる出版社，出版を望みつつ検閲を全否定できない作家，この三者関係のなかで出版を望む作家たちは，がんじがらめにならざるを得なかった。いったい当局が何を望んでいるのか，どんな方針によって検閲が行われるのか，その詳細な命令が全くないままに，しかしその検閲自体には反対することもできずに，「党の目」で何が政治的に正しいかを作家たちは判断しなければならなかった (Löffler 2011:141-142)。そして，もし印刷の許可が下りなかったとしても，ほとんどの

作家は当局と直接交渉することはできなかった。プレンツラウアー・ベルクの作家たちは，この点に自分たちが言論空間への入り口を塞がれていると感じるようになった (Löffler 2011:140)。

　東ドイツ社会をたんに全体主義社会と見るならば，こうした極めて複雑な利害関係ははっきり見えてこないであろう。1970年代まで東ドイツで活躍していた作家たちの多くが検閲に反対しなかったこと，また政府に対して抗議の声をあげなかったことは，決して政府による恐怖的・独裁的・全体主義的な弾圧ということから説明することはできない。作家たちは，利己心や悪意からではなく，戦後の罪の意識と善意から，文学が政治と密接に結びつくことに反対できなかったのである。また，東ドイツ社会をイデオロギー社会と見るだけでは，このような複雑な関係性は見えてこない。つまり，「イデオロギー」の指示する内容が何であるのかが極めて不明確であったので，作家たちは何を言ってよくて，何を言ってはいけないのかについて正確に判断することはできなかったのである。

　こうして国家と出版社と作家たちは，利害対立あるいは利害関係を分化させることができずに，全員が同じ利害当事者となって，複雑怪奇な検閲システムに巻き込まれていったのである。ビーアマンの国籍剝奪に対して，その撤回を「要求」するのではなく「お願い」することしかできなかったのも，このような関係を見ると，決して偶然ではなかったであろう。「脱分化社会」というポラックのパースペクティブからすると，様々な社会システムの自律性が保持されえなかったということ，あるいはそれぞれの社会システムの相互に異なる利害を分化することができなかったこと，こうした側面が作家たちの自律的なコミュニケーション空間の確立を妨害し続けたのである。

　いずれにしても，シュタージによる抑圧システムおよび検閲システムの特徴は，日本語でなら「空気」による支配と呼んでもよいであろう。

目に見えない心理的な圧迫が東ドイツ社会において醸成されており，作家たちは利害の異なる人たちに対する「配慮」を迫られていたということである。

「空気」による支配は検閲だけに限らず，おそらく東ドイツ全体に及んでいた。東ドイツ社会全体の歴史的な総括の多くは，言語それ自体の問題として言及されている。歴史家のヴォレによれば，SEDの文書アーカイブには，非常に少ない言葉で書かれた法案と決議書とだけがあり，決定に至るプロセスや意見調整の痕跡はなかった。ギャングと同様，党指導部には，自分たちの行為を追体験可能にし，透明にすることへの嫌悪があった。しかし，党指導部があらゆる分野に精通しているということに疑いはもたれなかった (Wolle 1999:138-130)。

党それ自体がもつこのような不透明な決断主義は，例えば学校生活にも及んでいた。1988年，ベルリンの高校（Erweitere Oberschule）で，西ドイツの軍事パレードを「反ファシズム」と批判した生徒たちが退学処分となる。党幹部は「宗教裁判（inquisitorische Befragung）」を開き，生徒たちの国家に対する「態度（Haltung）」を調査したが，活動的だった生徒よりあまり活動的でなかった生徒のほうが強い処罰を受けるなど，厳しい処分が下されたわりに，その決断に至った経緯は理解不能であった。この事件は全国で有名になり，多くの若者たちは「自分の意見をもつリスク」と書かれたTシャツを着て抗議した (Keil 2008:684-689)。

歴史家のコヴァルツークも図書館検閲のあり方について同様の記述をしている。「誰もが全体を正確に見渡すことができなかった。なぜなら，とても逆説的で，しかしそう言ってよければ一貫して禁止本リストは全く存在していなかった。今日閲覧を禁止されていたものが，翌日には一般に閲覧可能になり，また次の日には再び禁止になっていた」(Kowalczuk 2009:142-143)。このような不透明性からコヴァルツークは，東ドイツがなぜ消滅したかを総括するなかで，当時の東ドイツ社会の問題を言

語の問題と関係づけている。「言語は完全に貧困化しており，だから1989年の秋は，言葉とそれがもつ知性の革命としても生じたのである」(Kowalczuk 2009 176)。

　最後に，以下の詩で詩人のエルケ・エルブの表現を見てみることにしたい。この詩のなかでは，「検査機関」が「目と耳」を奪っていくことが表現されている。

> [...]
> werden Auge und Ohr zu immer behenderen und schwächeren Vollzügen ihrer Prüfdienste enthoben,
> nachdem sie aus der Anregung des auf die Baumkronen gehenden Regens,
> aus seiner oft genug wiederholten und befragten Empfindung,
> das erste Wort gefunden und kongruent bestätigen haben.
> [...]
>
> (Erb 1984:70)

> […]
> 目と耳は，いつも巧みでおぼろげな検査機関の執行で奪い取られてしまう。
> 木の葉に滴る雨から受ける刺激から，かなりよく繰り返したり疑問に思ったりする感覚から，
> そこから最初の言葉を見つけて，それが適合していると確証したというのに。
> […]

　この「検査機関」が意味するのは，直接的には出版社であろうが，おそらくシュタージや東ドイツ社会全体を表していると解釈することがで

きるだろう。アンダーグラウンド文学の作家たちは，このような「検査機関」の収奪に対して，政治的抵抗こそしないものの，この収奪を免れる独自のコミュニケーション空間をつくりあげていくのである。

おわりに

　1976年のビーアマン事件が起こるまでのあいだ，作家たちは政府に堂々と抗議の声をあげることはできなかった。それは暴力に怯えていたためというよりも，むしろ過去の歴史に対する反省から生まれた信念の結果であった。第6章で言及したように，アンダーグラウンド文学の作家たちは，体制的なポーズも反体制的なポーズもとらないことで，政治との関係を完全に断ち切ろうとしていたのに対して，国籍剥奪処分を受けたビーアマンは，国外追放されたあとになっても，芸術の使命が政治的な抵抗にあると信じていた。このような認識の変化はいかにして生じたのだろうか。

　ビーアマン事件をきっかけにして，シュタージの芸術家たちに対する弾圧はますます強まっていったわけであるが，ただしその弾圧方法は逮捕や監禁といった物理的暴力から，ほとんど証拠に残すことも困難な目に見えない精神的なイジメに移行していった。もしこのような方針転換が起こらず暴力的な水準にとどまっていたら，おそらく多くの若い作家たちは政治的抵抗を示したであろう。しかし精神的抑圧は，その可能性をますます奪っていった。

　体制側から見ればアンダーグラウンド文学とは，一方では政治的支配のコントロールから抜けだす可能性がありうるという意味で脅威であったが，他方では政権転覆という意味での政治的抵抗を示さないという点ではシュタージにとって好都合なものであった。皮肉にも政府による物理的暴力から精神的抑圧への転換こそ，政治的抵抗から自律的な芸術へ

の変容を後押ししたのである。

　システム理論から見ると，このような政治に関わらない自律的な芸術への欲求は，体制的でもなく反体制的でもなく，近代社会のみに生じる機能分化への欲求そのものにほかならない。この意味で，独自のコミュニケーション領域を作家たちが打ち立てたことは，脱分化的な政府の価値観からは最も乖離していたとも言える。いずれにしても東ドイツにおいては「芸術の要求 → 抑圧 → プロテスト → 失敗 → 芸術の欲求」という余暇と抑圧のあいだの一連の循環が，芸術へと人々が参与する要因になっていたと見ることができる。

結論

　本書は「なぜ人々は芸術に参与するのか」という問いから，芸術システムが成立・発展するための社会条件についての分析を行った。意味やメッセージ，目的を直接含まないという芸術の性質上，そのメカニズムを因果関係のもとで考察することは極めて困難であったが，本書では主に2つの要因からその説明を試みた。

　ひとつは余暇時間である。近代化・産業化した社会では，労働時間と余暇時間という2つの時間に分けられ，前者では生産的で目的的な社会的に有意義な活動，後者では非目的的で生存には直接必要がない無意味な活動を行うようになる。この「無意味」な時間を解消するために，専門的な社会システムとしての芸術が必要とされるのである。だからこそ東ドイツのように余暇時間を「有意義」に使うよう奨励されていた社会においてさえ，無意味な芸術への需要が高まったのである。

　他方で，社会的抑圧がこの条件をさらに加速させる効果をもつ。政治参加や職業キャリア形成の失敗等，他の様々な社会システムからの排除を受けつつもそれに対する抗議の意志をもたない人たちにとって，芸術システムにその受け皿のひとつになる。このような人たちは，社会的抑圧を受けていない人に比べて，より多くの自由時間を芸術活動に割り当てる傾向がある。東ドイツ社会は，社会主義イデオロギーを賛美しない芸術には激しい憎悪と制裁を与える政府によって支配されていたが，こ

のような社会にもかかわらず自律的な芸術システムが形成されたのは，強い社会的抑圧を受けつつも抵抗運動には興味をもてない若者たちの共同作業が行われたからである。

　この2つの要因について，以下ではさらに詳しく説明する。

本研究の学術的意義

　本書は，「なぜ人々は芸術に参与するのか」を明らかにすることを目的としてきた。筆者がそもそもこのような問いから研究を始める出発点となったのは，芸術の世界が，意味や意図，目的，行為，合理性，合意といった社会学の基本概念からことごとく乖離しているように見えたからである。たんなる個人の趣味あるいは非社会的な領域として，芸術を社会学の対象から除外することもできるわけだが，しかし，もしポップカルチャーのような現代文化も芸術のうちに含めるのなら，多くの人が日常的に接しているその領域，場合によっては政治よりもずっと慣れ親しんでいる領域を社会学の対象から外すことには無理があるであろう。

　そのために，芸術の社会学的研究の蓄積が豊富なドイツを中心にこの疑問に答える手がかりを探った。しかしこれらの研究にも，いくつかの点で問題があった。芸術の社会史あるいは歴史社会学的方法から『芸術の社会学』を出版したハウザーによれば，芸術は主観的な意味づけしかなされないために，普遍的な因果法則ではなく歴史的観点による分析が必要である (Hauser 1988:77)。つまり芸術はせいぜい主観的にしか意味をもちえないほど解釈が多様であるがゆえに，「なぜ」という因果関係からの説明が困難なのである。しかし，ヨーロッパの芸術を知識としてはある程度知っていても，それらを身近に体験してはいない筆者が，本当にその歴史的文脈だけで芸術を理解できるものだろうか。実際，芸術社会学の概説をまとめたシュムディッツも，芸術社会学の理論的枠組みが，ヨーロッパの（とくにルネサンスから近代に至る）歴史に立脚して

おり，アジアのような他地域の芸術を考慮していないことを認めている (Smudits 2014:7)。これは，芸術社会学がヨーロッパ中心主義的な考えをもっているからというよりも，高度に文脈的な説明に立脚するしかないゆえに，ローカルな文脈から離脱することが困難であるためと考えるべきであろう。

　この問題を解決するために，それぞれの社会においてそれぞれの芸術を因果関係のなかで把握することはできないだろうかというのが筆者の問題関心であった。しかし芸術ほど，「なぜ」という問いが困難な研究対象はないであろう。19世紀パリにおけるスローガンである「芸術のための芸術」，あるいはカントにおける「無関心の満足」としての芸術，このような芸術観は，芸術を理解したいものに「なぜ」という問いの無意味さを提示していると言えよう。なぜなら，芸術は，メッセージをもたず，内容ではなく形式に従事するのであり，その理由や動機は，芸術それ自体がつくりだすからである。芸術の自律性という前提は，芸術と社会との結びつきを不明瞭にしている (Busch 1987:178) のである。もちろん，そのための解決は，場 (Bourdieu 1992) として，システム (Luhmann 1997) として把握すること，つまり芸術の内部を見るのではなく，内部／外部の境界線に注目するアプローチにある。これらの説明によって，芸術が内容的には社会的現実から離れつつもその営みが社会的に再生産されていくプロセスが充分に明らかになるわけであるが，場やシステムといった制度を前提にするこれらのアプローチでは，そもそもなぜそうしたシステムや場ができたのか，その要因についての説明が不充分であった。つまり，ある日突然そのような場やシステムが成立することになるのだ。

　とはいえ，ルーマンによる「分化」によってシステムが成立するという説明は，芸術理解に極めて有益な素材を提供している。芸術それ自体の動機が不確かであっても，政治や経済，教育，学術，宗教，法など他

の社会領域では提供できない需要を想定することで，芸術システムの成立を説明するというものだ。ルーマンは，複雑性や非日常，現実のオルタナティブを提供することが，他の社会システムでは充分に遂行することのできない芸術独自の機能であるとみなした。

システム理論に立脚しつつ新しいかたちで芸術の成立を説明したのがヴェルバーである。彼はこうしたルーマンの説明では，なぜ人々が複雑性を受容したいのか，その動機が明らかにならないとして，むしろ余暇時間の増大を解決するための「娯楽」にその機能を認めている。つまり，自由時間とは，目的や意図を実現するという広義の意味での「労働」には当てはまらない活動をしなければならない時間であって，その増加は，意味や利害に直接結びつかずとも興味が引き立てられる活動への欲求が高まることを意味する。そして芸術こそがその需要に最も専門的に応えることができるシステムなのである。このような彼の説明は，ヨーロッパの歴史的文脈から外れた社会であっても，自由時間の増大という条件さえクリアしていれば，必然的に芸術に対する需要が高まることを示唆しており，なぜ芸術に人々は参与するのかという問題に適切な答えを与えている。

しかしながら，すでに第3部で見てきたように，東ドイツ社会における自律的な芸術への要求は，もちろん一方では自由時間の増大によって，また西側より遅れつつも経済発展によって着実に娯楽への欲求が高まっていた消費社会から，その需要の発生を説明することもできる。しかし作家たちの言説を見ているかぎり，むしろ「沈黙」として表現される政府から加えられる精神的抑圧が，芸術へ参与する動機づけの役割を果たしている。抑圧は，他の社会領域への参与を諦めさせ，その結果，芸術への参与を刺激するのである。もちろん，充分な自由時間や娯楽活動を行えるだけの生活水準に達していない段階で，たんに抑圧だけが増大する状況であったのなら，東欧諸国がそうであったように，人々は抑

圧に対する抗議運動に邁進したであろう。しかし，東ドイツのように金銭的・時間的な消費環境が整いつつある社会のなかでは，「余暇・娯楽・芸術の要求 → 抑圧 → プロテスト → 失敗（抑圧）→ 芸術の要求」というプロセスをたどっていったように，抑圧はさらに芸術の欲求を高めるのであり，抑圧と余暇との相互作用が想定されなければならないだろう。

　本書でのこの構図が，他の社会や地域にどれだけ応用可能性をもつかについては現段階では明らかにできない。抑圧の有無に関わりなく，充分な自由時間さえあれば芸術への需要は必然的に高まるだろう。しかし，高学歴をもっているにもかかわらず職業生活への参入に失敗した人々，ユダヤ人や黒人など社会的差別を受けいている人々，あるいは日本の近代文学では結核などの病気によって社会的に孤立している人など，何らかの抑圧を感じている人間が，芸術の主要なプレーヤーになることは歴史的に見ても決して珍しくはない。抑圧を受けつつも抵抗への可能性がないとき，あるいは抵抗そのものに意味を感じなくなるとき，人々はその自由時間をますます芸術活動へと投資するようになるのだ。

　本書の研究対象は，東ドイツ社会だけであるので，この説明がどれほど応用力をもつかはまた別の研究によって明らかにしなければならないだろう。とはいえ，この2つの要因によって，芸術という因果関係の想定が極めて困難であり，その地域固有の社会的文脈に大きく依存しているような対象に対しても，因果関係による説明を行えるようになる。

自律的な芸術活動の社会的意義
　メッセージや意図なしでもコミュニケーション可能な自律的な芸術空間の成立を筆者が説明したとき，しばしば返ってくる質問は，その「社会的意義」についてである。つまり芸術が生じる原因でなく，それが生じたことで引き起こされる結果は何なのかということである。

例えば，自律的な芸術活動の成立は，東ドイツ体制を打ち壊すための原動力となったのだろうか。それとも不満のはけ口としてのガス抜きの効果をもっていたのだろうか。芸術家たちにしてみれば，その最大の意義は，作品を継続的に再生産するために，意義がなくても表現可能な空間をつくりあげたこと自体にあったと言える。しかしこのような解答は質問者の意図に答えるものにはならないであろう。なぜならそこで問題になっているのは，芸術が「意義のないことに意義」をもつことそれ自体にどのような意義があるのかということだからだ。

　この問題に対しては，すでに第 1 章で紹介したように，芸術と他の社会システムとの関係（相互システム関係）という観点から，芸術が経済や学術に与える影響などの研究がいくつかなされている。このような観点から，東ドイツのアンダーグラウンド文学が他の社会システムに与えた影響について調査することもできるだろう。しかし相互システム関係とは，それぞれのシステムが自律性を獲得した「あと」の段階での相互の影響や関係についての分析であって，システムが自律性を獲得したことそれ自体の意義や影響を問題にしているわけではない。さらにシステム理論の観点から指摘しておきたいのは，それぞれの社会システムは「部分／全体」の差異によって分化するわけではないので，いちいち全体社会にとっての意義が明らかでなくてもシステムは存続しうるということである。ルーマンによれば，「他の機能システムと同様に，芸術がシステムとして分出し，作動上の閉鎖性という固有の論理に従属していることによってすでに芸術は全体社会に参与している。だから因果性の問題，つまり全体社会の芸術への影響や，芸術の全体社会に対する影響といった問題は最重要ではない」(Luhmann 1997:217)。つまり自律的な芸術システムがあることそれ自体が社会的意義をもつのだ。芸術は，独特のコミュニケーションによって他の社会領域との明確な違いをもたらしているのだが，しかし近代社会においては経済や政治など他の社会シス

テムもそれぞれ独自のメディアと独自のコードから閉鎖的にコミュニケーションを展開しているのであり，この意味では芸術と他の社会システムに違いはない。芸術が独自であるということが全く独自ではない，という状況が機能分化した近代社会を可能にしている。

　このような観点からもう一度改めて，東ドイツにおいて自律的な芸術が生じた原因を考察する必要があるだろう。すでに戦後の貧困状況が改善された1960年代から，必然的に芸術に対する欲求は高まっていた。しかしそれにもかかわらず，政府が社会主義理念に基づいて暴力的に社会の画一化を要求しただけでなく，そもそもあらゆる行為が「生産的であるべき」という強迫観念のもとで，人生の意味を「労働」に還元しようとしたこともまた芸術の自律性を拒んだのだ。だからこそ，そうした状況が生みだす抑圧に対して，若い作家たちが，たいして社会的意義がなくても自由に表現することのできる「別の言論空間（zweite Öffentlichkeit）」をつくりあげるような必要性が生じたのである。この新しいコミュニケーション空間の存在は，1989年の大衆デモに影響を与えるほど大きなものではなかったので，東ドイツの社会全体への影響は微々たるものにすぎなかった。しかし自律的な芸術への要求とは，様々な自律的な社会システムの共存によって成り立つ近代社会への要求そのものでもあっただろう。

　逆に言うと，もし私たちが意義のないことには意義がないのだと考えるのであれば，あるいは芸術がもっと社会全体に貢献するようになることを望むのであれば，東ドイツの体制と同じ思考につながるかもしれない。東ドイツ政府は社会主義的な価値におさまらない芸術に我慢ならず，絶えず芸術が社会全体に「有意義」な役割を果たすよう要求していたからである。東ドイツと日本の社会は，確かに政治制度だけ見れば，社会主義・共産主義陣営／資本主義・自由主義陣営という極めて大きな違いがあり，とくに日本社会は東ドイツと違って自由な芸術活動が認め

られ多種多様な芸術スタイルが生みだされてきた実績をもつ。しかし，第2部冒頭で東ドイツの全体社会についての研究で見てきたように，例えば労働への超越的・道徳的な意味づけによって生じる，重厚長大産業を中心に生産を重視した経済政策，家族主義的な企業文化，政府と住民との暗黙の合意（consent），諸社会システム間の癒着ともいうべき脱分化状況等々は，日本社会にも共通する部分が散見されるであろう。脱分化的社会と親和性が高い社会であるなら，芸術への過剰な意義要求は，諸部分システムへの過剰な意義要求にも転化し，それぞれのシステムの自律性は崩壊してしまうかもしれない。政治を混乱させる法の判断やマスメディアの報道，企業が必要とする人材を生みださない教育，こうしたものは認められなくなるような状況も生じるかもしれない。

　もし芸術にどんな社会的意義があるのかを突きつめていくなら，芸術システムの機能やその遂行，あるいは作家たちの思想や信念だけにその意義が還元されてはならないだろう。なぜなら，情報が欠落したままコミュニケーションを展開する芸術は，そもそも芸術以外の意義を主張しにくい構造にあるからだ。むしろ私たち受け手が，芸術とそれを取りまく様々な社会状況に対する理解から，なぜ社会に芸術が必要なのか，その意義を考えていかなければならない。

引用文献

Adloff, Gerd, 1983, „Ketzer", Drothea von Törne ed., 1983, *Vogelbühne: Gedicht im Dialog*, Leipzig: Verlag der Nation Berlin, 53.

Adorno, Theodor W., 1970, *Ästhetische Theorie, Gesammelte Schriften 7*, Frankfurt am Main: Suhrkamp Verlag.

Ahrberg, Edda, Tobias Hollitzer, Hans-Hermann Hertle, 2013, "Die Toten des Volksaufstandes vom 17. Juni 1953", Bundeszentrale für politische Bildung: Bonn, (Retrieved 9. Juny, 2013, http://www.bpb.de/geschichte/deutsche-einheit/der-aufstand-des-17-juni-1953/152604/die-toten-des-volksaufstandes).

会田誠, 2015, 「東京都現代美術館の『子供展』における会田家の作品撤去問題について」 (2015年8月13日取得, http://m-aida.tumblr.com/post/124971450230/2015年7月25日)

Baeyer-Katte, Wanda von, 1995, „Soziale Marginalisierung und systematische Desintegration als Methoden des Meinungsterrors", Klaus Behnke and Jürgen Fuchs ed., *Zersetzung der Seele: Psychologie und Psychiatrie im Dienste der Stasi*, Hamburg: Rotbuch Verlag, 84-101.

Barboza, Amalia, 2005, *Kunst und Wissen: Die Stilanalyse in der Soziologie Karl Mannheims*, Konstanz: Uvk Verlags.

Bauerkämper, Arnd, 2005, *Die Sozialgeschichte der DDR*, München: Oldenbourg Wissenschatsverlag.

Becker, Howard, 2008, *Art Worlds*, Berkeley, Los Angeles and London: University of California Press.

Behlert, Karsten, 1985, "fragment einer vorläufigen erkenntnis", Elke Elb and Sascha Anderson ed., 1985, *Berührung ist nur eine Randerscheinung*, Köln: Verlag Kiepenheuer & Witsch, 143.

Berbig, Ronald, Holger Jens Karlson, 1994, „»Leute haben sich als Gruppe erwiesen«: Zur Gruppenbildung bei Wolf Wiermanns Ausbürgerung", Berbig, Ronald, Arne Born, Jörg Jundersleben, Holger Jens Karlson, Dorit Krusche, Christoph Martinkat, Peter Wruck, ed., 1994, *In Sachen Biermann: Protokolle, Berichte und Briefe zu den Folgen einer Ausbürgerung*, Berlin: Ch. Links Verlag, 11-28.

Berg, Hank de, 1993, "Die Ereignishaftigkeit des Textes" Hank de Berg, Matthias Prangel ed., 1993 *Kommunikation und Differenz: Systemtheoretische Ansäzte in der Literatur- und Kunstwissenschaft*, Opladen: Westdeutscher Verlag, 32-52.

Berlemann, Dominic, 2009, *Wertvolle Werke: Reputation im Literatursystem*, transcript Verlag.

Bispinck, Henrik, 2012, „Kulturelite im Blick der Stasi: Die Nachwehen der Biermann-Ausbürgerung im Spiegel der ZAIG-Berichte des Jahres 1977", *Deutschland Archiv* 2012 (4), Bielefeld: W. Bertelsmann Verlag, 616–625.

Bonsack, Wilfred M., 1983, „mühlburg", Drothea von Törne ed., 1983, *Vogelbühne: Gedicht im Dialog,* Leipzig: Verlag der Nation Berlin, 31.

Born, Arne, 1994, „Kampf um Legitimation: Stabilität und Instabilität der SED-Herrschaftsstrukturen", Ronald Berbig, Arne Born, Jörg Jundersleben, Holger Jens Karlson, Dorit Krusche, Christoph Martinkat, Peter Wruck, ed., *In Sachen Biermann: Protokolle, Berichte und Briefe zu den Folgen einer Ausbürgerung,* Berlin: Ch. Links Verlag, 44–65.

Böthig, Peter, 1997, *Grammatik einer Landschaft: Literatur aus der DDR in den 80er Jahren,* Berlin: Lukas Verlag.

Bourdieu, Pierre, 1992, *Les règles de l'art: genèse et structure du champ littéraire,* 石井洋二郎（訳）『芸術の規則（I・II）』、藤原書店、1995.

Braun, Volker, 1998, „Auf Papenfuß", *Wir befinden uns soweit wohl. Wir sind erst einmal am Ende: Äußerungen,* Frankfurt am Main: Suhrkamp Verlag, 134–138.

Buchwald, Kurt, 1990, „o.T.", Uwe Warnke ed., *Visuelle Poesie in / aus der DDR: eine Anthologie,* Siegen.

Busch, Werner, 1987, „die Autonomie der Kunst", Werner Busch ed., *Kunst: die Geschichte ihrer Funktionen,* Weinheim, 178–203.

Ciesla, Burghard, Hans-Hermann Hertle, Stefanie Wahl, 2013, "Der 17. Juni in Berlin", Bonn: Bundeszentrale für politische Bildung, (Retrieved 17. June 2014, http://www.bpb.de/geschichte/deutsche-einheit/der-aufstand-des-17-juni-1953/152600/der-17-juni-in-berlin)

Crary, Jonathan, 1999, *Suspention of Perception: Attention, Spectacle, and Modern Culture,* 岡田温司、大木美智子、石谷治寬、橋本梓（訳）『知覚の宙吊り：注意、スペクタクル、近代文化』、平凡社、2005.

Danko, Dagmar, 2012, *Kunstsoziologie,* Bielefeld: transcript Verlag.

Dobler, Jens, 2009, „,Den Heten eine Kneipe wegnehmen'", Sonntags-Club ed., 2009, *Verzaubert in Nord-Ost: Die Geschichte der Berliner Lesben und Schwulen in Prenzlauer Berg, Pankow and Weißensee:* Bruno Gmünder Verlag, 167–173.

Döring, Stefan, 1985, „Introview: Egmont Hesse – Stefan Döring", Elke Erb ed., 1985, Egmont Hesse ed., *Sprache & Antwort: Stimmen und Texte einer anderen Literatur aus der DDR,* Frankfurt am Main: S. Fischer Verlag, 96–102.

Eckart, Frank, 1993, *Eigenart und Eigensinn: Alternative Kulturszenen in der DDR 1980–1990,* Forshungsstelle Osteuropa ed., 1993, Bremen: Edition Temmen.

Eckert, Rainer, 2008, „Widerstand und Opposition in SBZ und DDR", Stiftung Haus der Geschichte der Bundesrepublik Deutschland ed., *Demokratie jetzt oder nie!: Diktatur - Wi-*

derstand - Alltag, Leipzig: Seemann Henschel GmbH & Co. KG, 10-d17.

Emmerich, Wolfgang, 2009, *Kleine Literatur Geschichte der DDR,* Berlin: Aufbau Verlag.

Erb, Elke, 1984, „Winkelzüge: oder Nicht vermutete, aufschlußreiche Verhältnisse", Uwe Kolbe, Lothar Trolle and Bernd Wagner ed., 1988, *Mikado oder Der Kaiser ist nackt: Selbstverlegte Literatur in der DDR,* Darmstadt: Luchterhand Literaturverlag, 68-76.

Faktor, Jan, 1989, *Georgs Versuche am einem Gedicht und andere positive Texte aus dem dichtergarten des Grauens,* Berlin and Weimar: Aufbau-Verlag.

Featherstone, Mike, 2007, *Consumer Culture and Postmodernism,* 2nd edition, London: SAGE Publications.

Fiedler, Lothar, 1985, "Psalm oder Asphaltblumenstrauß", Elke Elb and Sascha Anderson ed., 1985, *Berührung ist nur eine Randerscheinung,* Köln: Verlag Kiepenheuer & Witsch, 188.

Fricke, Karl Wilhelm, 2003, „Die nationale Dimension des 17. Juni 1953", Aus Politik und Zeitgeschichte B 23, 5-10.

Fulbrook, Mary, 2009: *Ein ganz normales Leben. Alltag und Gesellschaft in der DDR,* Darmstadt: Wissenschaftliche Buchgesellschaft.

Gehlen, Arnold, 1986, *Zeit-Bilder. Zur Soziologie und Ästhetik der moderneren Malerei,* Dritte, erweiterte Auflage, Frankfurt am Main: Vittorio Klostermann, 池井望（訳）『現代絵画の社会学と美学：時代の画像』, 世界思想社, 2004.

Glauser, Andreas, 2013, „Die Stadt als Kunstwerk: Kontroverse Hochahus- und Stadtbildpolitik europäischer Metropolen", Frank Schröder ed., *Perspektiven der Kunstsoziologie: Praxis, System, Werk,* Wiesbaden: Springer VS, 91-114.

Göbel, Andreas, 2013, „Weltkunst: Die Welt der Kunst und die moderne Weltgesellschaft", Frank Schröder ed., *Perspektiven der Kunstsoziologie: Praxis, System, Werk,* Wiesbaden: Springer VS, 13-37.

Greshoff, Rainer, 2008, "Ohne Akteure geht es nicht! Oder: Warum die Fundamente der Luhmannschen Sozialtheorie nicht tragen", *Zeitschrift für Soziologie,* Jg. 37, Heft 6, 450-459.

Grundmann, Uta, 2012a, „Die EP Galerie Jürgen Schweinebraden", Bundeszentrale für politische Bildung: Bonn (Retrieved September 17, 2013, http://www.bpb.de/geschichte/deutsche-geschichte/autonome-kunst-in-der-ddr/55803/ep-galerie-schweinebraden).

―――― 2012b, „Hans Scheib und seine Ateliergalerien im Prenzlauer Berg", Bundeszentrale für politische Bildung: Bonn, (Retrieved September 17, 2013, http://www.bpb.de/geschichte/ deutsche-geschichte/autonome-kunst-in-der-ddr/55804/ateliergalerie-scheib).

―――― 2012c, „Die Selbsthilfe- und Produzentengalerie „rg" Sredzkistraße 64", Bundeszentrale für politische Bildung: Bonn (Retrieved September 17, 2013, http://www.bpb.de/geschichte/ deutsche-geschichte/autonome-kunst-in-der-ddr/55805/rot-gruen-sredzkistr-64).

――― 2012d, „Das Atelier von Michael Diller in der Pappelallee", Bundeszentrale für politische Bildung: Bonn, (Retrieved September 17, 2013, http://www.bpb.de/geschichte/deutsche-geschichte/autonome-kunst-in-der-ddr/55806/atelier-michael-diller).

――― 2012e, „Die Keramikwerkstatt Wilfriede Maaß", Bundeszentrale für politische Bildung: Bonn (Retrieved September 17, 2013, http://www.bpb.de/geschichte/deutsche-geschichte/autonome-kunst-in-der-ddr/55807/keramikwerkstatt-wilfriede-maass).

Grunenberg, Antonia, 1993, „»Vogel oder Käfig sein«. Zur »zweiten« Kultur und zu den inoffiziellen Zeitschriften in der DDR", Forschungsstelle Osteuropa ed., *Eigenart und Eigensinn: alterantive Kulturszenen in der DDR (1980–1990),* Edition Temmen: Berlin, 75–93.

Hauser, Arnold, 1988, *Soziologie der Kunst,* 3. München: Auflage, C.H.Beck.

Heath, Joseph and Andrew Potter, 2006, „The rebel sell: why the culture can't be jammed", 栗原百代（訳）『反逆の神話：カウンター・カルチャーはいかにして消費文化になったか』, NTT出版, 2014.

Heldmann, Philipp, 2004, Herrschaft, Wirtschaft, Anoraks: Konsumpolitik in der DDR der Sechzigerjahre, Göttingen: Vandenhoeck & Ruprecht.

Hellmann, Kai-Uwe, 1997, „Protest in einer Organisationsgesellschaft: politisch alternative Gruppen in der DDR", Detlef Pollack, Dieter Rink ed., *Zwischen Verweigerung und Opposition: politischer Protest in der DDR 1970–1989,* Frankfurt am Main and New York: Campus Verlag, 252–278.

Helmstetter, Ludolf, 2011, "Autonomie: Bertolt Brecht und F.W. Bernstein" Gerhard Plumpe and Niels Werber ed., 2011 *Systemtheoretische Literaturwissenschaft: Begriffe-Methoden-Anwendungen,* Berlin and New York: Gruyter Verlag, 39–57.

Henning, Astrid, 2011, *Die erlesene Nation: eine Frage der Identität – Heinrich Heine im Schulunterricht in der frühen DDR,* Bielefeld: transcript Verlag.

Heydemann, Günter, 2003, *Die Innenpolitik der DDR,* München: Oldenbourg Wissenschaftsverlag.

Hieber, Lutz, 2013, „»Kunst« oder »Nicht-Kunst«", Frank Schröder ed., *Perspektiven der Kunstsoziologie: Praxis, System, Werk,* Wiesbaden: Springer VS, 61–90.

Hofer, Stefan, 2007, *Die Ökologie der Literatur: Eine systemtheoretische Annäherung. Mit einer Studie zu Werken Peter Handkes,* Bielefeld: transcript Verlag.

Holl, Mirjam-Krestin, 2011, "Intersystembeziehungen: Stefan Heym", Gerhard Plumpe & Niels Werber ed., 2011 *Systemtheoretische Literaturwissenschaft: Begriffe-Methoden-Anwendungen,* Berlin and New York: Gruyter Verlag, 183–194.

Horkheimer, Max and Thodor W. Adorno, 1947, Dialektik der Aufklärung: Philosophische Fragmente, 徳永恂（訳）『啓蒙の弁証法：哲学的断想』, 岩波書店, 1990.

Hutter, Michael, 1986, „Kunst als Quelle wirtschaftlichen Wachstums", 2010, *Wertwechsel-*

strom: Texte zu Kunst und Wirtschaft, Hamburg: Philo Fine Arts.

Janssen, Wiebke, 2010, *Halbstarke in der DDR: Verfolgung und Kriminalisierung einer Jugendkultur,* Berlin: Ch. Links Verlag.

神林恒道, 2006,『近代日本「美学」の誕生』, 講談社.

柄谷行人, 1988,『日本近代文学の起源』, 講談社.

Keil, Lars-Broder 2008 "Das Risiko, eine eigene Meinung zu haben: zur Relegation von Schülern der Berliner EOS »Carl von Ossietzky« im Herbst 1988" *Deutschland Archiv (4),* Bielefeld: W. Bertelsmann Verlag, 684-690.

Köhler, Barbara, Fritz Hendrick Melle, 1985, „INNERDEUTSCHER MONOLOG: status quo: ein anfang", Michael, Klaus and Thomas Wohlfahrt, 1991, *Vogel oder Käfig sein: Kunst und Literatur aus unabhängigen Zeitschriften in der DDR 1979-1989,* Berlin: Druckhaus Galrev, 46-54.

Kolbe, Uwe, 1986, „Etwas anderes: als ein Gespräch mit Uwe Kolbe", Egmont Hesse ed., *Sprache & Antwort: Stimmen und Texte einer anderen Literatur aus der DDR,* Frankfurt am Main: S. Fischer Verlag, 116-120.

Kolbe, Uwe, Lothar Trolle and Bernd Wagner, 1988, "Mikado 1-12. Ein Vorwort", Uwe Kolbe, Lothar Trolle and Bernd Wagner ed., 1988, *Mikado oder Der Kaiser ist nackt: Selbstverlegte Literatur in der DDR,* Darmstadt: Luchterhand Literaturverlag, 7-10.

Könne, Christian, 2011, „»Die Gesteltung massenwirksamer Unterhaltungssendungen – ein unerläßlicher Bestandteil des politischen Auftrages des Massenmediums Rundfunk«: Die Unterhaltundssendngen im Hörfunk der DDR", *Deutschland Archiv* 2011 (4), Bielefeld: W. Bertelsmann Verlag, 179-185.

Kowalczuk, Ilko-Sascha, 2005, „Streben nach Mündigkeit - Die unabhängige Friedensbewegung", Bundeszentrale für politische Bildung: Bonn, (Retrieved September 17, 2013, http://www.bpb.de/geschichte/deutsche-geschichte/kontraste/42436/friedensbewegung).

―――, 2009, *Endspiel: die Revolution von 1989 in der DDR,* Verlag C.H.Beck: München.

Koziol, Andreas, 1985, „beweismaterialfehler (nachträge zum protokoll vom august, 85)", Egmont Hesse ed., *Sprache & Antwort: Stimmen und Texte einer anderen Literatur aus der DDR,* Frankfurt am Main: S. Fischer Verlag, 28-30.

Kromer, Hans, 1983a, „CHILLE 1975", Drothea von Törne ed., 1983, *Vogelbühne: Gedicht im Dialog,* Leipzig : Verlag der Nation Berlin, 74.

―――, 1983b, „FREEJAZZI", Drothea von Törne ed., 1983, *Vogelbühne: Gedicht im Dialog,* Leipzig : Verlag der Nation Berlin, 75.

Kuhn, Nina, 1999, „»Erzähl mir, Sibylle, erzähl...«: eine sozialisitsche Frauenzeitschrift mit internationalem Flair", Simone Barck, Martina Langermann, Siegfried Lokatis ed., 1999, *Zwischen »Mosaik« und »Einheit«: Zeitschriften in der DDR,* Berlin: Ch. Links Verlag,

138–150.

Laufer, Jochen, 2003, „Volksaufstand gegen die Siegermacht?: Die Sowjetunion und der 17. Juni 1953", Aus Politik und Zeitgeschichte B 23, 26–32.

Lemke, Michael, 2003, „Der 17. Juni 1953 in der DDR-Geschichte: Folgen und Spätfolgen", Aus Politik und Zeitgeschichte B 23, 11–18.

Lewis, Alison, 2003, *Die Kunst des Verrats: Der Prenzlauer Berg und die Staatsicherheit,* Würzburg: Königshausen & Neumann.

Liebing, Yvonne, 2005, *All you need is beat : Jugendsubkultur in Leipzig 1957–1968,* Leipzig : Forum Verlag.

Liermann, Susanne, 2012, *Die Vermehrung des Schweigens: Selbstbilder später DDR-Literatur,* Leipzig: Plöttner Verlag.

Löffler, Dietrich, 1999, „Publukumszeitschriften und ihre Leser: zum Beispiel: Wochenpost, Freie Welt, Für Dich, Sibylle", Simone Barck, Martina Langermann, Siegfried Lokatis, ed., *Zwischen »Mosaik« und »Einheit«: Zeitschriften in der DDR,* Berlin: Ch. Links Verlag, 49–60.

———— 2011, *Buch und Lesen in der DDR: ein literatursoziologischer Rückblick,* Berlin: Ch. Links Verlag.

Lorek, Leonhard, 1985, „gefahrenklasse a 1 : eine im nachhinein konkretisierte passage eines gespräches egmont hesse – leonhard lorek", Egmont Hesse ed., *Sprache & Antwort: Stimmen und Texte einer anderen Literatur aus der DDR,* Frankfurt am Main: S. Fischer Verlag, 46–52.

———— 1992, „Ciao! Von der Anspruchslosigkeit der Kapitulationen", Peter Böthig, Klaus Michael ed., 1993, *Machtspiele: Literatur und Staatssicherheit im Fokus Prenzlauer Berg,* Leipzig: Reclam Verlag, 112–125.

Luhmann, Niklas, 1976, „Ist Kunst codierbar?", Niels Werber ed., 2008, *Niklas Luhmann: Schriften zu Kunst und Literatur,* Frankfurt am Main: Suhrkamp Verlag, 14–44.

———— 1981, „Die Unwahrscheinlichkeit der Kommunikation", Ronad Borgards ed., 2010, *Texte zur Kulturheorie und Kulturwissenschaft,* Stuttgart: Reclam.

———— 1984, *Soziale Systeme: Grundriß einer allgemeinen Theorie,* Frankfurt: Suhrkamp.

———— 1986a, „Das Medium der Kunst", Niels Werber ed., 2008, *Niklas Luhmann: Schriften zu Kunst und Literatur,* Frankfurt am Main: Suhrkamp Verlag, 123–138.

———— 1986b, „Das Kunstwerk und die Selbstorganisation der Kunst", Niels Werber ed., 2008, *Niklas Luhmann: Schriften zu Kunst und Literatur,* Frankfurt am Main: Suhrkamp Verlag, 139–188.

———— 1990, *Soziologische Aufklärung 5, : Konstruktivistische Perspektiven,* Opladen: Westdeutscher Verlag.

―――― 1991, „Die Welt der Kunst", Niels Werber ed., 2008, *Niklas Luhmann: Schriften zu Kunst und Literatur,* Frankfurt am Main: Suhrkamp Verlag, 389-400.

―――― 1993, Gesellschaftsstruktur und Semantik, Frankfurt am Main: Suhrkamp Verlag.

―――― 1996a, *Die Realität der Massenmedien,* 2., erweiterte Auflage, Westdeutscher Verlag.

―――― 1996b, "Sinn der Kunst und Sinn des Marktes: Zwei autonome Systeme" Niels Werber ed., 2008 *Schriften zu Kunst und Literatur,* Suhrkamp Verlag, 389-400.

―――― 1996c, „Literatur als Kommunikation", Niels Werber ed., 2008 S*chriften zu Kunst und Literatur,* Suhrkamp Verlag, 373-388.

―――― 1997, *Die Kunst der Gesellschaft,* Frankfurt am Main: Suhrkamp Verlag.

―――― 1998a, *Die Gesellschaft der Gesellschaft I & II,* Suhrkamp Verlag.

―――― 1998b, „Die Ausdifferenzierung des Kunstsystem", Niels Werber ed., 2008, *Niklas Luhmann: Schriften zu Kunst und Literatur,* Frankfurt am Main: Suhrkamp Verlag, 316-352.

Magerski, Christine, 2011, *Theorien der Avantgarde: Gehlen-Bürger-Bourdieu-Luhmann,* Wiesbaden: VS Verlag.

Mählert, Ulrich, 2007, *Kleine Geschichte der DDR: 1949-1989,* 5., überarbeitete Auflage, München: Verlag C. H. Beck.

Mann, Ekkehard, 1996, *Untergrund, autonome Literatur und das Ende der DDR: Eine systemtheoretische Analyse,* Frankfurt am Main: Peter Lang.

Marschall-Reiser, Johanna, 2012, „Zensur oder Druckgenehmigung? Administrative Anbindung und Regelungen zum Verfahren in der DDR", *Mitteilungen aus dem Bundesarchiv,* Heft 1 /2012, 67-83.

Marx, Karl, 1934, Zur Kritik der politischen Ökonomie, 武田隆夫, 遠藤湘吉, 大内力, 加藤俊彦（訳）『経済学批判』, 岩波書店, 1956.

Menger, Pierre-Michael, 2002, *Portrait de l'artiste en travailleur. Métamorphoses du capitalisme,* Michael Tillmann（訳）, *Kunst und Brot: die Metamorphosen des Arbeitnehmers,* Konstanz: UVK Verlagsgesellschaft mbH, 2006.

Michael, Klaus, 1997, „Zweite Kultur oder Gegenkultur?: Die Subkulturen und künstlerischen Szenen der DDR und ihr Verhältnis zur politischen Opposition", Detlef Pollack, Dieter Rink ed., *Zwischen Verweigerung und Opposition: Politischer Protest in der DDR 1970-1989,* Frankfurt am Main and New York: Campus Verlag, 106-128.

―――― 2008, „Samisdat - Literatur - Modernität: Osteuropäischer Samisdat und die selbstverlegte Literatur Ostdeutschlands", Siegfried Lokatis and Ingrid Sonntag ed., 2008, *Heimliche Leser in der DDR: Kontrolle und Verbreitung unerlaubter Literatur,* Berlin: Christoph Links Verlag, 340-356.

―――――― 2012a, „Unabhängige Literatur in der DDR", Bundeszentrale für politische Bildung: Bonn, (Retrieved September 17, 2013, http://www.bpb.de/geschichte/deutsche-geschichte/autonome-kunst-in-der-ddr/55789/unabhaengige-literatur-in-der-ddr?p=all)

―――――― 2012b, „Die Galerie de LOCH", Bundeszentrale für politische Bildung: Bonn, (Retrieved September 17, 2013, http://www.bpb.de/geschichte/deutsche-geschichte/autonome-kunst-in-der-ddr/55808/galerie-de-loch)

Michael, Klaus and Thomas Wohlfahrt, 1991, *Vogel oder Käfig sein: Kunst und Literatur aus unabhängigen Zeitschriften in der DDR 1979−1989*, Berlin: Druckhaus Galrev.

Müller-Jentsch, Walther, 2012, *Die Kunst in der Gesellschaf,* 2., durchgesehene Auflage, Wiesbaden: Springer Fachmedien.

Neumann, Gert, 1986, „Geheimsprache »Klandestinität« mit Gert Neumann im Gespräche", Egmont Hesse ed., *Sprache & Antwort: Stimmen und Texte einer anderen Literatur aus der DDR,* Frankfurt am Main: S. Fischer Verlag, 129−144.

Papenfuß-Gorek, Bert, 1987, „Wortlaut: Egmont Hesse − Bert Papenfuß-Gorek", Egmont Hesse ed., *Sprache & Antwort: Stimmen und Texte einer anderen Literatur aus der DDR,* Frankfurt am Main: S. Fischer Verlag, 216−235.

Papenfuß-Gorek, Bert, Jan Faktor, Stefan Döring, 1985, "Zoro in Skorne", Klaus Michael, Thomas Wohlfahrt ed., 1991 *Vogel oder Käfig sein : Kunst und Literatur aus unabhängigen Zeitschrift in der DDR 1979− 1989,* Berlin : Druekhaus Galrev, 14−25.

Plumpe, Gerhard, 2011, „Ausdifferenzierung: Antike", Gerhard Plumpe and Niels Werber ed., 2011 *Systemtheoretische Literaturwissenschaft: Begriffe-Methoden-Anwendungen,* Berlin and New York: Gruyter Verlag, 23−37.

Pollack, Detlef, 1990, „Das Ende einer Organisationsgesellschaft: systemtheoretische Überlegungen zum gesellschaftlichen Umbruch in der DDR", *Zeitschrift für Soziologie,* Jg. 19, Heft 4, 292−307.

―――――― 1997, „Bedingungen der Möglichkeit politischen Protestes in der DDR: Der volksaufstand von 1953 und die Massendemonstrationen 1989 im Vergleich", Detlef Pollack, Dieter Rink ed. *Zwischen Verweigerung und Opposition: Politischer Protest in der DDR 1970−1989,* Frankfurt am Main and New York: Campus Verlag, 303−331.

Pross, Christian, 1995, „»Wir sind unsere eigenen Gespenster«: Gesundheitliche Folgen politischer Repression in der DDR", Klaus Behnke and Jürgen Fuchs ed., *Zersetzung der Seele: Psychologie und Psychiatrie im Dienste der Stasi,* Hamburg: Rotbuch Verlag, 303−315.

Rückhardt, Anderè, 1990, „kleines Retournat zum Erscheinen der Zeitschrift BRAEGEN", Michael, Klaus and Thomas Wohlfahrt, 1991, *Vogel oder Käfig sein: Kunst und Literatur aus unabhängigen Zeitschriften in der DDR 1979−1989,* Berlin: Druckhaus Galrev, 333−338.

佐藤道信, 1996,『〈日本美術〉の誕生：近代日本の「言葉」と戦略』, 講談社.
Schmidt, Henry, Wolf Biermann and Helen Fehervary, 1984, „Wolf Biermann", *The German Quarterly,* 57(2), American Association of Teachers of German.
Schröder, Rachel, 2009 „Jazz in der DDR: Rauschmusik des Imperialismus", kultur. ARD.de (Retrieved September 17, 2013, http://www.ard.de/home/kultur/_Rauschmusik_des_Imperialismus_/67754/index.html)
Schütz, Alfred, 1970, *On Phenomenology and Social Relations,* 森川眞規・浜日出夫 (訳)『現象学的社会学』, 紀伊國屋書店, 1980.
Simmel, Georg, 1890, „Über Kunstausstellungen", Klaus Lichtbau ed., 2009, *Soziologische Ästhetik,* Heidelberg: VS Verlag für Sozialwissenschaften, 39–45.
―――― 1917, "Grundfragen der Soziologie: Individuum und Gesellschaft", 居安正 (訳)『社会学の根本問題（個人と社会）』, 世界思想社, 2004.
Smudits, Alfred, 2014, *Kunstsoziologie: Lehr- und Handbücher der Soziologie,* München: Oldenbourg Verlag.
Thulin, Michael, and Egmont Hesse, 1989, „Sprachabbruch und Umbruch des Sprechens: gespräche zur situation der zeitschriften SCHADEN und VERWENDUNG", Michael, Klaus and Thomas Wohlfahrt, 1991, *Vogel oder Käfig sein: Kunst und Literatur aus unabhängigen Zeitschriften in der DDR 1979–1989,* Berlin: Druckhaus Galrev, 317–325.
Toth, L. Vvinston, 1987, „AUTODAFÉ", Andreas Koziol, Rainer Schedlinski ed., 1990, *Abriss der Ariadnefabrik,* Berlin: Druckhaus Galrev, 94–106.
上野千鶴子, 2003,『上野千鶴子が文学を社会学する』, 朝日文庫.
Walther, Joachim, 1996, *Sicherungsbereich Literatur: Schriftsteller und Staatssicherheit in der Deutschen Demokratischen Republik,* Berlin: Ch. Links Verlag.
Weber, Hermann, 2012, *Die DDR 1945–1990, 5. Auflage,* München: Oldenbourg Wissenschaftsverlag.
Weber, Max, 1915–1919, "Die Wirtschaftsethik der Weltreligionen Konfuzianismus und Taoismus", Helwig Schmidt-Glintzer etc. ed., 1989, *Max Weber Gesamtausgabe (Band 19),* Tübingen. J.C.B. Mohr (Paul Siebeck).
Weißgerber, Ulrich, 2010, *Giftige Worte der SED-Diktatur: Sprache als Instrument von Machtausübung und Ausgrenzung in der SBZ und der DDR,* Berlin: Lit Verlag.
Werber, Niels. 1992, *Literatur als System: Zur Ausdifferenzierung literarischer Kommunikation,* Obladen: Westdeutscher Verlag.
―――― 2003, *Liebe als Roman: zur Koevolution intimer und literarischer Kommunikation,* München: Wilhelm Fink Verlag.
Wolf, Janet, 1993, *The Social Production of Art,* 笹川隆司 (訳)『芸術社会学』, 玉川大学出版部, 2003.

Wolle, Stefan, 1999, *Die heile Welt der Diktatur: Alltag und Herrschaft in der DDR 1971–1989*, Bonn: Bundeszentrale für politische Bildung.

Wünderlich, Volker, 2003, „die Kafeekrise von 1977: Genussmittel und Verbraucherprotest in der DDR", *Hisorische Anthoropologie: Kultur, Gesellschaft, Alltag*, 11(2), 240–261.

Zentralverwaltung für Statistik der DDR, 1991, *Statistisches Jahrbuch der Deutschen Demokratischen Republik - 1990*.

あとがき

　本書は，平成26年度専修大学大学院博士論文『芸術への参与を動機づける社会的条件——1980年代旧東ドイツにおけるアンダーグラウンド文学の成立条件についてのシステム理論に基づく芸術社会学的分析——』を原稿として，平成27年度専修大学課程博士論文刊行助成を受けて刊行されたものである。

　まず何よりも，論文の内容について何度も細かくアドバイスしてくださった指導教授である嶋根克己先生に厚くお礼申し上げます。またドイツで資料収集する際に，ドイツへの留学の機会を与えてくださり，また私の不慣れなドイツ語にもかかわらず，論文の方向性について丁寧にアドバイスしてくださったマルティンルター大学ハレ・ヴィッテンベルクのゲジーネ・フォリヤンティ・ヨースト先生，論文審査を引き受けてくださった秋吉美都先生，川上周三先生，村上俊介先生のご厚意に心から謝意を表します。

　刊行に際しては，様々な方の協力を得た。出版に際しての全体的な構成についてアドバイスを下さった専修大学出版局の笹岡五郎さん，日本語の表記や表現について，また丁寧ではない表現の修正について細かなアドバイスをいただいた校正の藤岡浩子さん，本のテーマをよく理解していただいたうえでカバーをデザインしていただいた毛利彩乃さんに感謝申し上げます。

　　平成28年冬

　　　　　　　　　　　　　　　　　　　　　　　　　　矢崎慶太郎

矢崎　慶太郎（やざき　けいたろう）
博士（社会学）

1985年　　東京都生まれ
2007年　　専修大学文学部人文学科 卒業
2015年　　専修大学大学院 文学研究科博士後期課程修了
専門分野　芸術社会学

抑圧と余暇のはざまで
―芸術社会学の視座と後期東ドイツ文学

2016年2月29日　第1版第1刷

著　者　　矢崎慶太郎
発行者　　笹岡五郎
発行所　　専修大学出版局
　　　　　〒101-0051　東京都千代田区神田神保町 3-10-3
　　　　　　　　　　　　　　　　㈱専大センチュリー内
　　　　　　　電話　03-3263-4230㈹

印　刷
　　　　　電算印刷株式会社
製　本

ⒸKeitaro Yazaki 2016 Printed in Japan
ISBN 978-4-88125-300-7